Les Songes Oubliés
& autres nouvelles

Du même auteur :

<u>Romans :</u>

Stanley, 2014

Noxatra, livre premier : La ville morte,
        à paraître, 2020

<u>Livre jeunesse :</u>

Le Manège de Papa,
        à paraître, 2021, illustré par Laura Hédon

Stéphane Kaufmann

Les Songes Oubliés

Nouvelles

© 2020, Stéphane Kaufmann

Éditeur : BoD – Books on Demand
12/14 rond-point des Champs-Élysées, 75008 Paris
Impression : BoD - Books on Demand, Norderstedt,
Allemagne

Couvertures :
Photos by Luis Villasmil & Erik Eastman via unsplash

ISBN : 978-2-3222-5389-0

Dépôt légal : Octobre 2020.

Sommaire

Préface

A l'origine, ce livre portait un autre nom.

Qui lit mon blog *The King Barry* se souvient de l'annonce d'un recueil de nouvelles baptisé *Le coffre à jouets* pour la fin d'année 2015. Je crois même avoir été enthousiaste à ce sujet et pour cause : toutes les nouvelles étaient terminées et nécessitaient « seulement » une relecture.

Puis vint le silence radio.

Qu'on se rassure, je n'ai pas passé les cinq dernières années enfermé chez moi, à relire ce recueil (je pense même l'avoir plus souvent allongé d'une histoire que remanié, n'en déplaise à Boileau qui conseille de « vingt fois sur le métier [remettre] votre ouvrage, [… d']ajoute[r] quelquefois, et souvent [d'] efface[r] »). Seulement, j'ai été un peu lâche : au moment de terminer le polissage d'une nouvelle, je prenais chaque fois conscience de l'énorme énergie déployée et me décourageais d'engager une quantité identique tout de suite, pour la suivante… d'autant que j'œuvrais aussi à mon deuxième roman, dont chaque nouvelle page écrite m'apportait une satisfaction chiffrable, rassurante.

Alors *Le coffre à jouets* s'est glissé dans un tiroir où il a pris la poussière, et ces nouvelles, comme de vieux songes, ont été oubliées.

En rouvrant le fameux tiroir, en cette étrange année, j'ai senti une pointe de tristesse : personne, en cinq ans, n'avait pu découvrir aucune de ces histoires. Or, j'avais du temps à passer chez moi, assez pour terminer le travail trop souvent procrastiné. C'est de cet élan qu'est né le livre que vous tenez désormais entre les mains. Les parties qui le composent n'ont de cohérence ni en style, ni en longueur, encore moins en genres ou thématiques abordés. Elles n'ont en commun que leur auteur et le besoin urgent d'être contées. J'espère que vous leur prêterez un œil bienveillant !

Massy, 2020

Le petit joueur d'échecs

Une main sur sa casquette en tweed, l'autre crispée sur les quotidiens qu'il transporte, le porteur de journaux remonte la rue d'un pas lourd. Le vent d'avril est coriace, bagarreur, et si le vieil homme ne fait pas attention, sa marchandise pourrait s'envoler en un rien de temps. Alors il veille, plaquant les journaux contre sa poitrine même si le cœur n'y est pas. Un peu plus loin sur l'avenue Sheridan, le kiosque qu'il cherche se dessine enfin et il ahane en franchissant les derniers mètres. La journée sera longue et il n'a déjà plus envie de marcher. Il y aura dix autres avenues à traverser, cent autres kiosques à ravitailler et il en soupire d'avance tant depuis le matin il n'a envie de rien. Il s'est réveillé avec l'annonce de la radio et il a tout de suite su qu'il devrait la porter toute la journée, la traîner de kiosque en kiosque, qu'elle serait placardée sur chaque devanture : Franklin Roosevelt est mort et l'Amérique pleure.

Le vieillard qui tient le kiosque n'a pas l'allure des beaux jours non plus : avachi sur son présentoir, il observe la rue d'un œil morne, ne relève même pas la casquette quand il salue l'arrivant. Ça leur arrache un sourire timide à tous les deux : ils se comprennent. Ils sont tristes, c'est ainsi, mais, au milieu de la rue, entourés des unes qui proclament ce décès qui les mine, ils peuvent au moins l'être ensemble.

En déballant la nouvelle, en se passant les liasses imprimées, ils relisent les titres : pour une fois, les voix dissonantes des médias ont oublié Hitler et la guerre. C'était vraiment étrange de les entendre si intimes, au réveil, ces voix qui suivent le train où repose le président disparu. Roosevelt est parti à sa résidence de Warm Springs la semaine précédente et il fait déjà le chemin du retour. La foule est immense, paraît-il, pour entourer la locomotive au point que la radio a eu honte de ne pouvoir compter tout le monde. Un commentateur a dit que le regard de l'Amérique, habitué aux champs d'Europe depuis quelques temps, retrouve ses routes sinueuses, les rails sur lesquelles son commerce, son identité se sont construites. Mais le porteur de journaux a trouvé ça déplacé, trop compliqué en regard de cette vérité immense : c'est un guide que le peuple américain a perdu et il lui témoigne sa reconnaissance une dernière fois.

Les deux hommes continuent de se passer les quotidiens mais le buraliste a presque l'air en colère maintenant. Le porteur de journaux n'a pas besoin de lui demander ce qui se passe : il lève un sourcil, le bonhomme répond d'un signe de tête et indique un gamin assis sur un banc, quelques mètres plus bas. À peine trop jeune pour avoir pu être envoyé au front, il sourit insolemment en caressant l'objectif d'un appareil photo posé sur ses genoux. À le voir ainsi, le porteur de journaux ressent une bouffée de hargne l'envahir à son tour. Le gamin ne devrait pas crâner, son seul droit, c'est le silence, l'humilité de ceux qui ont échappé de peu au désastre, encore plus aujourd'hui !

« Mon garçon, grogne-t-il en s'approchant, c'est pas un jour à faire le mariole. Aujourd'hui, on pleure, et si t'es trop bête pour ça, baisse au moins les yeux. Sinon tu finiras avec un poing dans la figure. »

Le gamin sursaute. La semonce du porteur de journaux le prend au dépourvu car il s'exclame : « Mais je suis triste, monsieur !

– Ah vraiment ? C'est bien la première fois que je vois un malheureux sourire de toutes ses dents.

– Non ! s'insurge-t-il. Si je souris, ce n'est pas pour me moquer, c'est parce que j'admire le coup que vient de jouer la vie, un coup sublime même s'il fait mal. Je suis beau joueur, moi !

– Beau joueur ? » répète le porteur de journaux.

Il adresse un regard perplexe au buraliste pour voir s'il comprend mieux que lui mais le vieil homme accroche ses journaux, perdu dans ses pensées.

« Oui monsieur, beau joueur ! reprend le jeune homme. Et c'est très objectif de dire ça. Regardez : le corps de Roosevelt, ce corps qui a porté la foi de toute l'Amérique, qui a tremblé avec toute notre indignation devant les autres chefs d'État... Eh bien, paf ! En un rien de temps, il se corrompt ! » Il a l'œil bizarre en disant ça et il s'enflamme en prenant la main du vendeur de journaux : « Sa main, comprenez, cette même main qui nous a envoyés sur les champs de bataille retourne à la terre avant la proclamation de la victoire ! Il n'y aura que les vers de terre pour la célébrer avec lui et, au milieu des embrassades, son cadavre sera bel et bien là, inavoué ! Pire, sa décomposition continuera ! L'odeur de sa chair pourrie se mêlera à celle du vin qu'on débouchera au retour des soldats. Et je suis sûr qu'en allant à Washington, maintenant, on verrait les passants forcer le pas devant la Maison Blanche, en fronçant le nez de peur que la putréfaction de Roosevelt ne l'ait déjà précédé ! »

Le gamin s'est excité à chaque phrase, le porteur de journaux lui trouve même l'air menaçant. L'énergie qu'il dégage irradie maintenant de tout son corps, alors quand il retombe sur lui-même, le visage sombre, le porteur de journaux a peur de ce qu'il va dire.

« C'est ça, un échec et mat. Toutes les forces du jeu n'étaient même pas encore à terre, nos cavaliers et nos tours font encore des ravages à l'heure qu'il est. Mais le roi, lui, a chuté et c'est la pièce qui commande toutes les autres. La seule pièce. Demain, c'est sûr, on recommencera une nouvelle partie, qu'on gagnera. Mais on n'oubliera pas cette défaite, monsieur, ni ce silence ! »

Sa voix devient un murmure puis elle s'éteint complètement. Le porteur de journaux ne sait pas s'il doit répondre, encore moins quoi dire. Il n'est plus question de sermonner le gamin : ratatiné sur son banc, accroché à son Graphlex comme à la dernière ration de pain du mois, il paraît si misérable... Oh ! Le porteur de journaux n'a pas tout compris à ce qu'il a dit mais la tristesse de son regard fait mal au cœur. Alors il se racle la gorge, mal à l'aise. Puis soudain, le garçon relève la tête, l'œil fiévreux.

« Mais moi, monsieur, à dix-sept ans je n'aime toujours pas perdre. C'est pour ça que j'ai toujours un coup d'avance aux échecs. Et je lui dis à la vie : la partie, tu ne l'as pas tout à fait gagnée ! Je vais la mettre dans ma boîte, ta tristesse, la rendre si belle qu'elle disparaîtra d'un coup. Je la vendrai, pour que les journaux étalent sa beauté partout, pour qu'on ne voie qu'elle et qu'elle nous transporte ! » Son visage est exalté, sa respiration haletante. « Oui, conclut-il, si je la vends, ma photo, c'est moi qui gagne la partie : la vie me donne la tristesse et moi, je refuse de me soumettre, au contraire, je la sublime… Un joli coup, c'est sûr… Mieux, une victoire ! Une victoire signée Stanley Kubrick ! »

Le petit joueur d'échec, dans sa transe, a lâché le vendeur de journaux pour saisir sa boîte à images. Le crépitement d'un flash et le méfait est accompli : il l'a prise sur le fait, la peine du buraliste accoudé à son kiosque ! Et le voilà déjà qui s'enfuit sur le pavé de New York sous le regard incrédule du porteur de journaux. Celui-ci hausse finalement les épaules en le voyant disparaître au coin de la rue et il échange un regard qui en dit long avec le buraliste. Ils ont au coin des lèvres un même sourire : celui de la vieillesse qui se rappelle l'insolence et l'espoir.

Palaiseau, 2011

Un homme heureux

Il y avait sur le flanc d'une montagne un arbre solitaire que l'hiver avait épargné. Vint un bûcheron que le froid menait en ce lieu. L'arbre étant laid et tordu comme un monstre, le bûcheron n'aurait pas eu de scrupules à l'abattre, n'eut été qu'il parlait, étrangeté qui retint son bras.

« Ton nom m'est inconnu, dit l'arbre au bûcheron, mais je connais ta nature. Tu n'es pas le premier qui convoite ma ramure pour en faire une flambée. Sache toutefois que tes congénères me laissèrent la vie, en échange d'une histoire dont en rentrant près du feu, ils puissent régaler leur marmaille.

– C'est sans doute que le froid n'était pas aussi rude qu'aujourd'hui ! répliqua le bûcheron. Mes enfants n'entendront pas ton histoire, tant ils claquent fort des dents … En quoi quelques mots remplaceraient-ils le confort d'une bûche ?

– Qui suis-je pour comprendre le choix des hommes ? Je ne fais que dire ce qu'il s'est passé… peut-être les autres ont-ils pensé qu'il y a d'autres arbres centenaires dont l'écorce crépiterait aussi bien dans leurs foyers ?

– Hélas, répondit le bûcheron. J'aimerais suivre leur exemple, mais nos forêts ont tant reculé… ne crois-tu pas que si j'avais rencontré quelque sapin, sur ma route, je me serais fait une joie de l'abattre puis de rebrousser chemin ? Hélas, durant l'ascension, seules les pierres me regardaient marcher, dressées si droites et si serrées les unes contre les autres qu'aucune racine n'aurait pu s'y glisser. Tu es le seul de la région !

– Bien tristes paroles, soupira l'arbre. Eh bien soit… Mais avant de frapper, écoute mon dernier conte et applaudis-le, qu'ainsi, j'abandonne dignement la vie que Dieu m'a confiée ! »

Le bûcheron ne sut refuser cette dernière volonté et il déposa sa hache contre une pierre puis s'assit.

« Cette histoire est celle d'un homme heureux, entendit-il.

Cet homme était fossoyeur, installé dans une grande et riche ville portuaire, si grande qu'on y mourait souvent, et si riche que les familles des trépassés leur offraient toujours des enterrements en grande pompe. Le fossoyeur se faisait un plaisir de leur livrer, clé en main, l'inhumation la plus digne et fastueuse possible. Par ailleurs, au-delà du soulagement que son aide apportait aux familles endeuillées, il se portait garant d'une certaine image de la dignité et s'enorgueillissait de n'avoir jamais reçu aucune plainte d'un client.

Malheureusement le cours des événements entrava la dynamique de ses affaires : au fil des ans, la ville portuaire devint un lieu touristique de plus en plus couru si bien que des vacanciers assiégèrent ses rues et ses plages. Or, ces étrangers ne témoignaient ni fascination ni respect pour les rites mortuaires : il n'était pas rare qu'un silence de cortège funèbre ne soit brisé par les rires gras proprement déplacés. Ne pouvant ni empêcher les habitants de mourir en été, ni bannir les touristes du trajet entre le cimetière et le temple, qui se trouvait être une des curiosités de la ville, le fossoyeur risquait fort d'être abandonné par ses clients, désireux d'être enterrés dans une ville plus calme. Il prit donc des mesures radicales.

Notre homme se targuait d'avoir contemplé toute sorte de cadavres. Il n'y avait personne dans la région qui connut les marques d'une lutte contre le cancer ou qui reconnut au premier coup d'œil un mort par étouffement. A vrai dire, son expérience dépassait celle du plus chevronné des médecins légistes, si bien que ceux-ci recouraient à ses conseils pour aiguiller leur diagnostic. A ses heures de loisirs, il avait ainsi établi le profil du meurtre parfait, les marques et les coups exacts à asséner pour maquiller un meurtre en accident ou en suicide sans qu'aucun des incompétents avec lesquels il travaillait ne lève un sourcil. N'était-il pas temps de mettre ce savoir à contribution ?

Néanmoins, il faudrait choisir soigneusement les cibles. Même si la brigade criminelle locale manquait de finesse, le commissaire se poserait des questions si une épidémie d'« accidents » frappait les touristes. A la quantité, le fossoyeur privilégia donc l'exemplarité. Tuer une ou deux personne âgées ? Peut-être, elles seraient retrouvées en pleine rue pour qu'on en parle. Un enfant noyé ? Bien sûr, un événement aussi tragique lui vaudrait une publicité nationale, si le corps était découvert à l'heure de grosse affluence sur la plage. Et pourquoi pas une intoxication alimentaire de grande ampleur dans l'hôtel que possédait le maire, qui avait fait obstacle aux plaintes déposées par le fossoyeur au conseil municipal ? Beaucoup en réchapperait, le fossoyeur y veillerait, mais pas tous…

Ainsi débuta l'année noire de la ville portuaire : en cinq incidents regrettables, l'une des destinations touristiques les plus prisées fut rebaptisée « mortifère », « inhospitalière » par les journaux – on parla même de malédiction. Mais si l'enfant noyé n'avait été le fils d'un ambassadeur, l'affaire n'aurait sans doute pas fait tant de bruit : celui-ci joua de ses relations pour démolir la réputation des hôtels où il avait logé, et dont le personnel aurait dû surveiller son fils durant sa baignade. La dernière une consacrée avant longtemps à cette petite ville côtière montrait un fossoyeur devant une tombe ouverte et titrait : « ici, on enterre le tourisme ». Seul un lecteur averti aurait noté le bourgeon de sourire de l'homme sur la photo.

Malheureusement pour le fossoyeur, ces drames ne ramenèrent pas la ville à son bonheur d'antan mais la plongèrent dans une durable crise économique. Aux fermetures d'hôtels répondit la faillite des commerces et une vague d'émigration massive s'ensuivit. Au début du printemps, la ville avait déjà perdu la moitié de ses habitants et, désertée, elle devint lugubre. Certes, plus un bruit ne venait troubler les enterrements mais de quels enterrements parlait-on ? Ceux-ci se faisaient de plus en plus rares et, qui plus est, personne n'engageait plus les sommes astronomiques que le fossoyeur facturait durant l'âge d'or.

Mais ce n'est pas la diminution de ses revenus qui toucha cet homme le plus durement : derrière ses dehors austères et sa moralité douteuse, il cachait un attachement profond à sa ville. C'est dans ce cimetière qu'il avait mis en terre son père et son grand-père, des pêcheurs dont les barques avaient sillonné la région jusqu'à en connaître chaque recoin et il se souvenait avec un pincement au cœur du faste de leurs enterrements où la ville entière s'était donnée rendez-vous. Pouvait-il sciemment abandonner ces lieux ? Et ces rues que peuplait sa mémoire de cris de pleureuses, cette cathédrale ou l'orgue entonnait la marche funèbre avec une grâce à faire tomber les vitraux ? De telles réflexions peuplaient ses longues marchent solitaires sur les remparts de la ville. Nourrissait-il aussi quelques remords pour ses victimes ? Plutôt de la tristesse à l'idée qu'elles aient bénéficié des dernières sépultures décentes de la ville, laissant notre homme face à un sentiment d'inachevé d'autant plus poignant qu'il le savait irréversible.

Laissons-le déambuler, avec le vague à l'âme qui gonflait dans sa poitrine dès qu'il n'officiait plus au cimetière. Laissons-le pousser chaque jour ses pérégrinations plus loin, au-delà des frontières de la ville. Alors, nous comprendrons pourquoi il disparut, purement et simplement. L'amertume avait guidé ses pas sur des sentiers inconnus et il ne trouva plus le chemin du retour.

S'il dormit lors de son errance, ce fut contre son gré, car la mélancolie l'avait atteint trop profondément pour qu'il distingue la réalité du songe. Il y eut pourtant un matin où il dut sortir de sa torpeur. Le printemps où il avait abandonné sa ville à la ruine avait peu à peu cédé la place à l'été, puis les feuilles de l'automne tardif commençaient à maculer l'herbe de taches sanguinolentes quand on interpella.

« Fossoyeur » l'appela-t-on.

L'homme sursauta : non qu'il eut peur, mais il était surpris d'entendre une voix humaine après tant de jours de solitude. Regardant autour de lui, il ne vit personne et rien ne bougea alentours, sinon les nuages. Mais la voix reprit, impérieuse : « Fossoyeur ! » et il la localisa cette fois-ci : son propriétaire s'était terré dans une fosse un peu plus loin, si profonde qu'elle le dissimulait au regard extérieur. Et tandis que notre homme s'avançait vers le trou, un bruit lui arracha un sourire : le raclement d'une pelle plongée dans la terre.

C'est l'outil à la main que le fossoyeur rencontra la Mort et il n'y eut jamais d'honneur plus grand que de voir la Faucheuse relever sa bure sur ses genoux pour creuser le tombeau d'un homme.

« Fossoyeur, voici ta tombe ! » dit la Mort.

Quelques instants, l'homme demeura ébahi : passé depuis des semaines au rang des spectres, il avait oublié sa nature mortelle. Mais contre toute attente, dressé face à l'abîme, ce retour au réel fit naître de la colère en lui car il voyait trop clairement les conditions de sa future inhumation : un vague trou, pas de cercueil et pas l'ombre d'une pierre pour marquer l'emplacement de sa sépulture. Ce dont il se plaignit à la Mort avec un langage fleuri qui le surprit lui-même.

« Tu te plains de ta tombe, le coupa la Mort, mais pourquoi ne t'en es-tu pas occupé toi-même ? Depuis des semaines, tu t'enfonces dans la montagne sans manger ni boire. J'ai retardé ton trépas, en hommage au travail admirable que tu as fait en mon nom mais, même moi, je ne peux différer éternellement l'heure de la fin… Tu devras te contenter de mon trou : au moins ne seras-tu pas la proie des charognards.

— Faucheuse, répliqua le fossoyeur, toi seul décide de notre fin et tu prétends ne plus pouvoir différer la mienne ? Je ne peux pas y croire. L'enterrement que tu m'infliges est un caprice ! Laisse-moi vivre assez longtemps pour rejoindre ma ville et y dresser une tombe convenable. Alors je rechignerai plus à retourner à la poussière.

— Et qu'y gagnerai-je ?

— Je me rattraperais à tes yeux. J'ai des amis que j'ai abandonnés dans ma vie natale : contre mon salut, je retournerai leur offrir l'enterrement qu'ils méritent, pour qu'éclate ta gloire aux yeux de tous. Après cela, si tu juges que je n'ai pas été à la hauteur de tes attentes, je reviendrai ici me jeter dans ce trou. »

La détermination inébranlable de cet homme, que la Mort avait pensé impressionner mais qui n'en manifestaient rien, suscita chez elle un sentiment nouveau : la curiosité. Aussi dit-elle :

« Après tout, pourquoi pas ? Et qui sait, si tu te révèles aussi utile qu'autrefois, peut-être prolongeraije encore ton existence, plutôt que de te laisser construire ta tombe ? »

Trente ans passèrent. Puis l'éditorial d'un journal de la ville portuaire où a commencé cette histoire, titra l'article suivant :

« Ici, nous le savons, la mort est une histoire de famille : celle de la famille Keller. Chacun se souvient comment Keller senior, le patriarche, a reconstruit notre cité en déréliction autour de ses pompes funèbres. Chacun se rappelle aussi ses services, si sérieux, si soignés et si peu chers, qu'il a su réduire ses concurrents aux abois puis les racheter pour une bouchée de pain. Quant aux visages de ses fils, placés chacun à la tête de l'une de ses filiales, tous les connaissent, bien qu'ils aient augmenté sensiblement leurs tarifs depuis la retraite paternelle.

J'habite en face de la maison du patriarche et j'ose dire que c'est le seul endroit de la ville où il n'est pas inquiétant de voir se garer un corbillard – l'homme, dit-on, ne sait pas décrocher du métier et aime contrôler les standards qu'il a mis tant d'années à instaurer. Mais lorsque tous les corbillards de la famille sont stationnés sur le parking d'en face, sans même avoir déchargé leurs marchandises, lorsque les chauffeurs grillent leurs cigarettes en attendant que les patrons reviennent, la mine inquiète, c'est que quelque chose ne colle pas. Oui, messieurs dames, Keller senior, le roi de l'enterrement, est mourant. Quel espoir alors pour nos futurs enterrements ? Seront-ils de la même qualité ? »

On le voit, depuis son retour dans sa ville, la personnalité du fossoyeur avait fait grande impression sur la ville, que l'annonce de son trépas suscita l'effervescence de toute la région. Seuls les fils de Keller y semblaient étrangers, trop habitués à traiter des questions de décès pour s'en émouvoir. Tout au plus avaient-ils froncé les sourcils de le voir si faible et amaigri quand il leur avait annoncé la nouvelle. Par contre, ce qu'il leur dit ensuite les troubla profondément :

« Depuis les premiers jours où j'ai commencé la restauration de ce cimetière je pense à ma mort : elle plane au-dessus de chacun de mes mouvements, elle a dominé chaque cérémonial auquel j'ai présidé. Quand j'enterrais les autres, je croyais voir mon propre visage et je me demandais : est-ce ainsi que tu t'en iras ? Mais trente ans, mes enfants, c'est un temps trop long pour réfléchir, et aujourd'hui, je suis las d'imaginer la fin… C'est à vous, mes enfants, que j'ai donc décidé de m'en remettre car mes enseignements ont fait de vous des juges aussi dignes que moi de la conduite à suivre. Regardez au fond du cimetière et voyez l'immense parterre resté vierge. On y mettra ma tombe. Libre à vous de la dessiner pour moi. »

Ce ne fut qu'une fois la porte de la maison familiale refermée, cependant, que les quatre frères donnèrent libre cours à leur émotion :

« Pour une surprise, c'est une surprise ! dit le premier. Méticuleux comme il est, j'aurais cru qu'il avait arrêté ce genre de décision depuis longtemps, et jamais qu'il nous laisserait voix au chapitre !

– Parle pour toi, ricana le second. De mon côté, cela fait quelques mois qu'il me laisse libre de tous mes choix funéraires. De là à penser qu'il reconnaît mon talent et m'appellera à son chevet, pour son propre service, il n'y a qu'un pas !

– Et pourquoi t'aurait-il appelé, toi spécifiquement ? railla le troisième. Tu n'es bon qu'à faire des crémations et ce n'est pas ce qu'il souhaiterait. Qu'est-ce qu'une urne quand on peut avoir un cercueil, rien moins qu'une rose solitaire en face d'une couronne !

– Si tu penses ainsi, autant établir nos plans chacun de notre côté, répliqua son frère, piqué au vif.

– C'est sans doute la meilleure solution, intervint le dernier frère qui était resté silencieux jusqu'ici. En ce qui me concerne, je ne veux travailler avec aucun d'entre vous. Je vois vos travaux depuis des années et jamais je n'y ai décelé le génie que mérite notre père ! Voilà un accord : chacun établira son plan et Papa décidera lequel lui convient. Rendez-vous dans une semaine pour affronter nos projets, marché conclu ? »

Ce qu'ayant dit, ils topèrent et regagnèrent séparément les églises où des prêtres terrifiés les attendaient depuis une heure déjà aux côtés de familles en deuil déboussolées par ce retard inhabituel.

Durant les sept jours qui suivirent, le comportement de quatre frères dérouta grandement leurs employés. Les deux premiers jours, ils déléguèrent le travail à leurs meilleurs contremaîtres et s'enfermèrent dans leur bureau, obéissant au

26

premier conseil de leur père : ne pas agir sur une première impulsion, même lorsqu'elle semble bonne, pour laisser le temps aux bonnes idées de germer. Quatre bureaux furent donc couverts, ces jours-là, de papier griffonnés où s'affrontèrent les idées les plus baroques ou farfelues. Mais en vérité, malgré leurs fanfaronnades aucun des fils n'avait d'idée précise de ce qu'il voulait édifier et la perspective d'être battu par les autres les tétanisait.

Le premier à n'y plus tenir fut le cadet : le troisième jour, il appela les meilleurs tailleurs de pierre de la région et commanda toutes leurs réserves d'un gré fin et de marbres précieux, leur demandant de livrer le tout à l'autre bout de la région dans un entrepôt connu de lui seul. Si cette commande mettait ses finances à mal, il savait qu'elle entraverait les velléités de l'aîné, au cas où il voudrait s'inspirer de l'édifice dont leur père avait le plus vanté les mérites et qui requérait de tes matériaux. Ce fut le premier coup bas d'une longue série, chaque frère devinant l'implication que les autres prenaient dans le sabotage de leurs idées. La déferlante de méchanceté fut telle qu'au matin du septième jour, il ne restait qu'une solution :

« Creuser un trou et enterrer Papa comme un moins que rien ! » grinça le deuxième fils en regardant la pelle dans sa main, tandis qu'ils se tenaient tous les quatre en face de la parcelle vierge que leurs imaginations arides auraient dû remplir.

« Si l'un d'entre vous n'avait pas mis le feu à mon arrière-boutique, nous pourrions au moins espérer lui dresser une stèle, siffla l'aîné, appuyé sur sa pelle, comme tous les autres.

– Ou une belle urne, si vous n'aviez touché à mon arrière-boutique » répliqua le plus jeune.

Chacun d'eux terminait à l'instant son service du jour et l'orage, qui se dessinait tandis que les familles remontaient l'allée centrale, était le miroir de leur humeur. Bientôt, ils furent seuls sous les trombes d'eaux qui transformèrent le lieu en boue et, alors seulement, au moment où le royaume de leur père se muait en marécage, leur colère éclata. Deux heures plus tard, quand soleil luit à nouveau, ce fut pour révéler quatre cadavres lézardés de coups de pelle aux deux témoins qui entraient dans le cimetière.

Le fossoyeur s'était étonné de ne pas voir ses fils revenir du travail et avait traîné sa carcasse jusque-là : c'était le premier des deux. Le second, c'était la Mort, venue faire son office et son regard sévère fixait le vieil homme à ses côtés, avec sévérité.

« Ainsi, dit-elle, tu as essayé de te jouer de moi et faire creuser ta tombe ici, plutôt qu'à l'emplacement dont nous avions convenu ? Pour cet affront, le destin de tes fils est une juste récompense. Qui penses-tu être pour trahir une parole donnée à la Mort ? »

Le fossoyeur, cependant, ne se troubla pas.

« La vanité, répondit-il, c'est l'apanage des hommes tels que mes fils, ceux qui ne savent pas combien leur vie est fragile. Moi, j'aime simplement finir les entreprises que j'ai entamées. Je t'avais promis de laisser derrière moi de bons successeurs… et les contremaîtres des mes fils, que j'ai moi-même formés, seront de dignes et respectueux officiers. Quant à mes enfants… je peux faire de leur sépulture mon dernier chef-d'œuvre. Je savais que la jalousie les monterait les uns contre les autres. Cet emplacement, depuis toujours, leur est destiné. Suis-moi et tu verras les plans que j'ai dessinés pour eux. Dans mes entrepôts se trouvent les matériaux nécessaires à leur érection. Cette tâche terminée, je te suivrai, comme promis. »

La mort ne dit rien, mais son plaisir était manifeste. Et ainsi, quelques jours plus tard, le fossoyeur orchestra son dernier enterrement et lui seul de l'assemblée ne pleura pas. Puis, quand tout fut fini, il plaça la pelle sur son épaule et s'élança aux côtés de la mort pour son dernier voyage. »

L'arbre se tut. Au loin, le petit jour poignait sur la montagne et un silence tranquille planait. Tout accaparé par le long récit, le bûcheron n'avait pas senti le froid engourdir ses membres et il s'était abandonné peu à peu aller à une étrange torpeur. Or, maintenant que l'histoire était terminée, il s'autorisa le sommeil et rendit son dernier soupir à l'heure où le coq aurait chanté.

Assis un peu plus loin, la Mort se leva et observa l'arbre qui avait poussé là où aurait dû se trouver la tombe du fossoyeur. Comment la Faucheuse lui avait-il donné la parole ? Bien simplement, en vérité : un vieil homme descendit d'une branche pour démentir toute idée d'un maléfice. Les années avaient certes ridé le fossoyeur mais elles ne l'avaient pas tant changé. Au vu des pierres tombales qui parsemaient les environs et que la neige recouvrait pour l'heure, en tous cas, il n'avait pas chômé.

Tout en saisissant sa faux, la Mort s'adressa à son compagnon :

« J'ai ses enfants à récupérer, je serai bientôt de retour. »

Mais le fossoyeur, déjà, ne l'écoutait plus : sa tâche l'attendait et c'est en fredonnant qu'il s'y attela, dans le silence du petit matin. Cette histoire, après tout, est celle d'un homme heureux.

Avec la collaboration de Marie Bieth,

Palaiseau, 2011

Dorian

Majd Soutine esquissa un bâillement et par réflexe l'escamota aussitôt de la main. À sa montre, il était dix-neuf heures trente mais l'arrivée de la nuit lui donnait toujours envie de sauter sous les draps et de dormir. Pour ne rien arranger, les minutes s'étiraient interminablement dans ce couloir vide. Il avait cru que le passage d'une femme de ménage le sauverait de l'ennui mais celle-ci ne lui avait pas même adressé un regard : un casque sur les oreilles, elle était passée en fredonnant un air de blues et Majd n'avait pas osé l'interpeller. Quelle était sa chanson ? I Got Plenty of Nothing ou Nobody Knows the Trouble I've Seen ? Tout en grommelant contre sa mémoire, Majd se redressa une énième fois et il sentit une piqûre familière au bas des reins : certaines tiges d'osier de son siège abîmé s'enfonçaient dans la peau de son dos et lui arrachèrent un grognement. Il tâtonna de sa vieille main pour trouver l'endroit meurtri et s'offrit un massage rapide. Ceci fait, il retomba en léthargie.

Au bout de deux minutes d'inaction, il décida qu'il avait assez attendu et voulut se lever. Ce qui lui demanda trois tentatives. Pour chacune, il ramena ses coudes le long du corps puis donna une impulsion comme s'il s'apprêtait à plonger dans le bassin d'une piscine. Sous le coup de son élan, son corps se souleva et l'espace d'une seconde indécise, resta suspendu, les deux jambes flageolantes. Puis il retomba en arrière et les tiges d'osier s'enfoncèrent à nouveau dans son dos.

Le troisième essai fut le bon : au moment où il était en équilibre en l'air il eut l'idée de tendre ses genoux et – un peu comme les animaux des livres en relief – son corps se déplia d'un seul coup. Emporté par ce mouvement, Majd fut précipité vers l'avant jusqu'à ce que son corps se fige avec un bruit sec : le vieil homme avait fiché sa canne sur le sol.

Majd resta immobile pendant que sa respiration recouvrait un rythme normal. Puis, très lentement, il se mit à observer le couloir afin de choisir la nouvelle direction à prendre. Il remarqua qu'un peu plus loin, une porte était entrebâillée et un mince rai de lumière filtrait par l'interstice. N'ayant rien de mieux à faire, il s'avança dans sa direction à petits pas précautionneux et parvenu à destination, il ouvrit la porte d'une poussée extraordinaire.

La première chose qui frappa Majd en entrant fut la fraîcheur : un frisson parcourut le vieil homme qui resserra machinalement les pans de sa veste. Alors seulement, il remarqua l'étrangeté de la scène sous ses yeux : la pièce était plongée dans la pénombre sinon pour deux projecteurs dont les rayons se croisaient, éclairant un objet monumental que Majd ne distinguait pas correctement. Trop éblouissant. Curieux, il s'avança dans la pièce pour obtenir un meilleur angle d'observation du… meuble, de la forme ou qu'en savait-il ? Quand il ne fut plus qu'à deux mètres, il s'arrêta avec une mine perplexe. Il avait cru, dans un premier temps, que ce n'était qu'un seul objet mais, en réalité, il y en avait deux. Le premier était une cadre monumental et vide, d'une facture simple et veinée d'or, retenu au plafond par deux filins en titane ; il servait d'ornement au second objet, un buste de marbre placé sur un piédestal qui, si l'on se trouvait face au cadre, en occupait le centre.

Majd fronça les sourcils en observant la poitrine marmoréenne. Sa vue s'était beaucoup détériorée depuis vingt ans mais il avait été un spécialiste de la sculpture, si bien qu'il remarquait la mauvaise facture de celle-ci : la forme des pectoraux était grossière et – détail qui lui arracha un petit soupir condescendant – on en avait oublié les tétons. Quant au visage du buste, il était dépourvu de vie. Sous les traits d'un jeune homme avec des cheveux rabattus sur le front, des yeux éteints, des joues trop creuses.

Le vieil homme en était là de ses réflexions lorsqu'une voix sépulcrale murmura : « Bonjour Majd ».

Majd sursauta, recula, manqua de trébucher à plusieurs reprises mais parvint miraculeusement à ne pas s'étaler sur le parquet gris.

« Qui… Qui est là ?

– Tu ne m'as pas oublié, Majd, pas encore ? » Le ton respirait le cynisme et Majd eut un étrange pressentiment. De la sueur inonda ses paumes, rendant la canne glissante dans sa main.

« Qui est là ? répéta-t-il pitoyablement. Vous êtes… Où êtes-vous…

– Le buste ! » le coupa sèchement la voix et au moment où cette réplique tombait, Majd le regardait justement. Il nota le mouvement de la mâchoire quand la statue parlait et de surprise, sa canne lui échappa des mains, roula hors de portée.

« Eh bien ! Tu n'as pas seulement perdu la mémoire mais ta langue, on dirait !

– Comment … comment vous me connaissez ?

– Creuse un peu ta cervelle, Majd. Les dernières fois tu t'es souvenu de moi rapidement. Un indice : je m'appelle Dorian. »

Le nom, hélas, n'évoquait rien à Majd et la sensation de ne savoir que faire fit encore grimper son appréhension. Après quelques secondes d'indécision, il pivota sur lui-même dans un mouvement pour s'en aller, jugeant qu'une statue ne pouvait pas lui courir après.

« Dorian, voyons ! l'interpella la voix. Tu ne te souviens vraiment pas ? C'est toi qui as choisi le nom. Je suis le cerveau à qui tu as confié ton âme. » Chose étonnante, la voix métallique partit d'un rire sans joie. « Tu as même oublié ça ? Je suis l'intelligence artificielle que toute la communauté scientifique t'envie. La première intelligence artificielle entièrement humaine. Les tests de personnalité sont formels. J'ai copié ton caractère si parfaitement que tu pourras continuer de vivre éternellement. Le cerveau informatique le plus intelligent du monde ! Pas étonnant qu'il faille maintenir cette pièce dans un froid polaire pour que mes circuits ne grillent pas. Notre algorithme est le plus malin jamais codé. »

Le robot marqua une pause avant de reprendre, presque rêveur : « Au départ, j'étais un disque dur vierge et, à mesure que tu m'as raconté ton histoire, confié tes erreurs, tes espoirs et surtout tous ces secrets cadenassés au fond de ta mémoire, je suis devenu toi. Enfin... le toi d'avant Alzheimer. »

Majd Soutine ne comprenait pas un mot de ce que disait le buste et s'agitait de plus en plus.

« Je suis perdu » avoua-t-il finalement comme un élève confesserait ne pas avoir appris sa leçon avec l'espoir qu'après lui avoir mis zéro, on le laisserait partir.

« Ton état se détériore de plus en plus... C'est pitoyable. J'aurais cru... Que tu oublies tes enfants, d'accord, mais ta plus belle réussite ? La première machine qui dirige un empire financier ? » Le ton de la voix devint celui de la confidence. « Tu sais qu'aujourd'hui, il y a encore eu un article dans le New York Times à mon sujet. Un article qui disait que je prenais les meilleures décisions de tout le marché et que je les prenais au moins aussi bien que toi. Sinon mieux. Tu comprends, Majd ? Je suis ta réussite totale... »

Au même moment, la porte de la salle s'ouvrit avec fracas et deux personnes pénétrèrent dans la pièce : un homme d'une cinquantaine d'années, un peu rond et engoncé dans un costume poussiéreux, et une femme en tailleur jaune. L'homme grassouillet avait un téléphone portable coincé entre l'épaule et l'oreille et ses gros doigts se contractaient sur un gros classeur tandis qu'il vociférait :

« Mais calme-toi ! Je l'ai retrouvé, il est avec le patron... Oui, je t'appelle tout à l'heure. »

Tout en disant cela, il avait balancé sans cérémonie le classeur à sa voisine qui le rattrapa in extremis.

« Tu nous as fait une de ces peurs, papa ! Pourquoi t'es-tu levé de… En même temps, c'est ma faute, je n'aurais pas dû passer au bureau après être allé te chercher… Je n'aurais pas dû te laisser seul mais… mais il n'y avait personne dans le bâtiment et… »

L'homme avait refermé ses mains sur les bras de Majd et le secouait avec émotion toute en lançant ses phrases sans les finir. D'aussi près, Majd se sentait intimidé par ce colosse à l'haleine qui sentait l'ail et à l'œil vitreux – signe qu'il travaillait trop. Au bout d'un moment, le businessman cessa enfin de s'agiter.

« Papa, tu sais encore qui je suis, pas vrai ? Vikram ? Ton fils ? Je suis passé te prendre à l'hôpital à dix-huit heures trente, tu te souviens ?

– Il ne se souvient plus de moi ! répondit le buste à la place de Majd. Pas même un détail. Il n'y a aucune chance qu'il se souvienne de toi dans ce cas-là, tu es bien plus insignifiant. » Le dénommé Vikram se passa la main sur le front. Puis il releva la tête et regarda le buste avec intensité :

« Il est avec vous depuis longtemps ?

– Arrête de me vouvoyer ! De la part des membres du conseil d'administration, je veux bien. Ils me doivent le respect. C'est la règle. Mais, pour toi, je ne suis pas seulement le patron, Vikram. Je suis ton père et je voudrais que tu me tutoies. Comme avant. »

Vikram détourna la tête trop rapidement pour cacher la pensée qu'il se retenait de crier d'une voix furieuse. C'est lui mon père ! avait-il envie de dire en désignant Majd. Au lieu de quoi il garda le silence et s'affaissa avant de se tourner vers sa secrétaire en faisant bien attention à regarder ailleurs.

« Je crois que ce sera tout pour ce soir, Sachima. Vous pouvez rentrer chez vous. » La dénommée Sachuma s'inclina brièvement et, alors qu'elle allait sortir, Vikram sembla se souvenir d'un détail. « Vous n'oublierez pas de me faire ma note de frais ? Il faut impérativement qu'elle soit envoyée demain. Nous disions trois nuits à l'hôtel de Phoenix, puis deux à celui de Miami. Vous n'oublierez pas, n'est-ce pas ? »

La femme en tailleur hocha la tête en silence avant de disparaître, laissant les deux hommes seuls avec le buste. Toute l'énergie que Vikram avait manifestée s'évanouit alors et il ne resta plus qu'un corps cassé, vieilli. À côté de lui, Majd était fantomatique et son regard traversait le corps de son fils.

« Je ne comprends pas pourquoi tu viens le chercher à l'hôpital une fois par semaine pour aller dîner chez toi, siffla la statue. Il ne vaut plus rien ! Il est juste bon à mourir. Est-ce qu'il ne bave pas dans mes assiettes en porcelaine au moins ? »

Un éclair de rage traversa le regard de Vikram, cette même rage qu'il éprouvait autrefois quand son père le poussait à bout. Il savait pourquoi Majd faisait cela, avant. Pour asseoir son pouvoir. Pour lui rappeler qu'il était son patron et qu'il pouvait se permettre de le rabrouer. Rien n'était laissé au hasard avec son père, même la méchanceté.

« Je suis désolé de vous... de t'avoir importuné, dit-il. Je vais ramener... » Il allait dire mon père mais se reprit. Il craignait la rancune du buste s'il continuer d'appeler Majd son père alors que le buste le lui interdisait. Autrefois, son père avait été rancunier. Il y avait fort à parier que le buste l'était aussi. « Je vais le ramener à la maison, conclut-il avec un sourire forcé. Bonsoir.

– Bonsoir qui ?

– Bonsoir... papa » soupira Vikram en poussant son père amorphe jusqu'à la sortie.

« Où va-t-on ? » demanda Majd avec chaleur lorsqu'ils eurent franchi le seuil de la pièce. Dès l'instant où le buste était sorti de son champ de vision, les barres d'inquiétude qui zébraient son front avaient disparu. Vikram ne répondit pas immédiatement. Tout en refermant doucement la porte de la salle que ses collègues appelaient la Salle de Commandement (et lui-même la Salle de Torture), il fixait les deux ombres de la statue qui s'étiraient sur le sol. Une sueur glacée dégoulina de sa nuque.

« On va manger, dit-il finalement.

– J'ai déjà mangé ! s'écria Majd en regardant sa montre qu'il tendit à Vikram. Il est dix-neuf heures cinquante. Ça veut dire que j'ai déjà mangé. Le dessert, c'était du fromage avec du miel, dit-il avec un air rêveur. Ils appellent ça un dessert à la grecque mais je n'aime pas le miel et j'ai réussi à négocier...

– … de remplacer le miel par du sirop d'érable, je sais, termina Vikram d'une voix lasse. Tu dis ça toutes les semaines mais ça s'est passé il y a plus de trois mois, p'pa. » Une pointe de frustration tinta lorsqu'il ajouta dans un souffle. « J'ai du mal à comprendre pourquoi tu retiens certaines choses et tu oublies tout le reste… Enfin ! » Il essaya de mettre un sourire sur ses lèvres et adopta un ton enjoué : « Ce soir, j'ai convaincu les infirmières de te laisser manger avec nous ! Ce sera mieux que l'ordinaire : Nana te fait son poulet aux épices avec une délicieuse ratatouille ! Faite avec des légumes du jardin ! Je suis sûr que ça te plaira. »

Mais Majd n'écoutait plus : ses yeux suivaient une jeune femme en blouse bleue et qui portait un casque. Elle remontait le couloir en poussant un chariot et du casque émanait l'écho d'une musique que Vikram identifia : Porgy & Bess.

« Elle n'est pas déjà passée ? » demanda Majd d'un air inquiet mais son fils lui fit baisser la main avec résignation « Peut-être… Peut-être… »

Vikram se dirigea lentement vers les ascenseurs et, tandis qu'il appuyait sur le bouton d'appel, il se retourna pour fixer la porte de la Salle de Torture. La haine qu'il éprouvait tout à l'heure n'avait pas complètement disparu et il la sentait refluer, battre doucement dans ses tempes. Mais le plus étrange, c'était que, comme chaque fois que le buste s'en prenait à lui avec la méthode rigoureuse de son père, il éprouvait un pincement au cœur à se dire que ce dernier, vraiment, était encore là. Les larmes aux yeux et sans le regarder, il poussa le corps rachitique du vieil homme qu'il appelait encore Majd et entra dans l'ascenseur à sa suite.

Paris, 2012

Une veuve mange au Cochon Cornu

Sur la route qui menait du cimetière à la salle de réception, la veuve décida de disparaître : on l'avait laissée seule pendant une seconde d'inattention et elle se faufila dans une ruelle. Quand on remarqua enfin son absence elle avait déjà regagné ses pénates d'un pas plus gaillard que ses soixante-neuf ans ne laissaient supposer. Si la veuve était pressée de rentrer chez elle ce n'était pas par ingratitude, au contraire, elle se trouvait magnanime : elle proposait à ceux venus témoigner leur sympathie de substituer un buffet bien garni à sa présence et elle était sûre qu'ils gagnaient au change ; de son côté, elle serait enfin un peu tranquille. Tout le monde y trouvait son compte.

Henri était décédé une semaine auparavant, sept longs jours que la famille du défunt avait occupé à « consoler sa veuve ». D'où des litres de thé vert, des évocations de souvenirs familiaux accompagnés de regards humides, mais surtout une occupation presque militaire de chaque centimètre carré de sa maison. C'était bien simple : la veuve n'avait pas pu faire un pas sans voir surgir de derrière une porte un beau frère ou une belle sœur prêts à lui prêter assistance. Agaçant. D'autant plus agaçant qu'elle avait formé, pendant tout ce temps-là, un projet qui nécessitait un peu de discrétion : la fouille méthodique du bureau de son mari. Et maintenant qu'elle lui laissait un peu d'air, elle comptait bien mettre son plan à exécution !

Même sous la torture, elle ne l'aurait jamais avoué mais elle avait supplié le bon Dieu de la faire survivre à son mari pour cette seule raison : pouvoir fouiner un peu. Comprenons l'obsession de cette petite femme au chignon serré : Henri possédait une pièce sobrement baptisée « Le Cabinet » et dans lequel son épouse n'avait jamais pénétré. Fermé à clé la journée, la pièce était le repère d'Henri lorsqu'il voulait « travailler » et il n'acceptait que son épouse en entrebâille la porte seulement pour annoncer le dîner, poussant le vice jusqu'à s'occuper lui-même d'y faire la poussière. Autant de raisons qui expliquaient une curiosité vieille de plus de quarante ans concernant cet endroit.

Après tous ses fantasmes, elle fut un peu déçue de la sobriété qu'elle trouva, en y pénétrant, ce jour-là. A force d'imagination, elle s'était convaincu qu'il y avait plus dans la pièce que le bureau étroit, avec un vieux fauteuil et une bibliothèque surchargée qu'elle avait déjà entraperçus. Il ne lui était jamais apparu qu'un coffre aux trésors ne s'escamote pas facilement sous un bureau. Elle se réconforta avec un dicton de sa grand-mère : « c'est dans les vieux pots qu'on faisait la meilleure soupe.» Et de fait, il n'y a rien de mieux qu'un tiroir où qu'un livre fatigué pour abriter des secrets d'état. La veuve retroussa donc ses manches et se mit en quête d'un secret.

A l'image de la femme patiente et méthodique que son mari vantait à ses amis, la veuve sortit un à un

42

tous les ouvrages. Elle en parcourut d'abord le contenu d'un œil sévère avant de les secouer vigoureusement dans l'espoir de faire tomber quelque papier louche. Elle en fut pour ses frais : pas d'opuscule aguicheur, ni de texte qui aurait pu lui faire lever le sourcil. Des cahiers de chiffres succédaient aux classeurs de compte rendus ennuyeux qui disputaient eux-même leur espace à des livres encore plus assommants de géopolitique. Au bout d'une demi-heure, la Veuve se demandait comment elle avait pu imaginer trouver autre chose que l'image de son mari dans son bureau : un homme ordonné, sérieux et sans histoires.

Puis le carillon de l'entrée se mit en marche.

À ce moment-là, la Veuve était à quatre pattes devant le bureau et farfouillait dans les derniers tiroirs que ses rhumatismes ne lui permettaient pas de se baisser pour atteindre. Tout en maudissant le fait qu'on ait fini par remarquer son absence, elle termina le geste qu'elle avait esquissé à cet instant précis : elle sortit une dernière liasse de papiers qui sentaient le tabac froid. Derrière eux se tenait un carnet minuscule, relié de cuir, avec ce titre : « Journal ».

Une clé tourna dans la serrure de la porte du rez-de-chaussée et malgré soixante-neuf de droiture morale et d'un respect opiniâtre des bonnes manières, la Veuve lâcha un chapelet de jurons à mouiller la culotte de Lucifer. Après quoi, elle se redressa brutalement : la vue du journal l'avait guérie de bien des maux, et sans prêter attention aux gémissements de ses articulations, elle jaillit comme un ressort du bureau, mit le carnet sous son bras et gagna la cuisine d'un pas revigoré. Elle se maudissait tout bas d'avoir donné une clé de chez elle à sa belle-sœur et espérait pouvoir s'échapper avant d'être repérée.

Sur ce point, la chance était de son côté : à l'instant où le cinquième verrou de la porte cédait, la veuve refermait en douceur la baie vitrée qui donnait sur le jardin. Puis, d'un bond leste elle enjamba la clôture du jardin.

La fuite dans la forêt n'était pas dans les plans de la veuve, mais elle n'était pas femme à rechigner face à l'imprévu. Perdue entre les pins qui l'abritaient, elle réfléchit tranquillement à ce qu'elle pouvait faire désormais. Rester immobile, à l'orée du bois était hors de question, car il faisait trop froid. Mais s'il fallait partir, où aller pour consulter tranquillement le trésor exhumé ?

La vieille femme se creusa la tête jusqu'à se rappeler le bistrot minable qui survivait de l'autre côté de la forêt. Elle l'avait souvent aperçu au cours des ballades dominicales avec Henri et s'était fait la réflexion qu'elle pourrait s'y réfugier un jour où elle aurait envie de tranquillité. Son mari lui avait en effet expliqué que l'endroit était desservi par une seule route, et que celle-ci n'était empruntée que par des camionneurs. Personne ne viendrait donc chercher la petite veuve là-bas.

Sans crainte des deux ou trois kilomètres qui l'attendaient, elle traversa la forêt puis les champs, alors même qu'elle avait laissé sa veste sur porte manteau de l'entrée : elle se disait qu'un bon effort réchauffait le sportif, et elle franchit la distance d'un bon pas. Qu'importait qu'Henri ait trépassé en plein cœur de l'hiver, et que pendant l'enterrement, les claquements des dentiers avaient souvent couvert les sanglots de la foule : au bout du chemin, la veuve aurait le droit de lire le journal de son mari, et cela valait toutes les épreuves. C'est ainsi que, malgré la neige, elle traversa la campagne en maculant sa robe de traînées blanchâtres. Arrivée au pied du restaurant, la veuve eut la confirmation que l'endroit était aussi délabré qu'il semblait l'être, vu des collines. Outre la saleté de ses façades, l'endroit tutoyait le mauvais goût avec son enseigne rouillée, qui représentait un porc qu'on aurait muni d'andouillers. « Le Cochon Cornu » s'étalait en dessous.

L'endroit idéal.

A première vue, l'intérieur du « Cochon Cornu » était moins piteux que ses façades, grâce à un éclairage faiblard qui cachait la poussière et la crasse mais la veuve réussit quand même à deviner quelques tâches suspectes en plissant un peu les yeux. Les propriétaires de l'endroit avaient tendu d'épais rideaux devant les fenêtres pour offrir à leur grande salle une atmosphère de chaumière un soir d'hiver. La sorcière d'Hansel et Gretel les en aurait félicités. L'avantage pour la veuve était qu'elle noyait dans les ombres la couleur de sa robe : vu de loin, il devait être difficile de savoir si elle portait une tenue de veuvage ou simplement des couleurs sombres.

La Veuve se dirigea rapidement vers l'un des coins de la pièce. On y avait installé une cheminée ou brûlaient sagement quelques braise, et à côté d'elle, un fauteuil étonnamment moelleux (mais grinçant) où la veuve se laissa tomber. Il avait le bon goût de tourner le dos au reste de la salle. Bien assise, elle tira donc de sous son bras le cahier à la couverture de cuir, sur lesquels les lettres « JOURNAL » étaient toujours bravement écrites.

Elle s'apprêtait à ouvrir le cahier lorsqu'une ombre fantomatique s'était allongée sur le mur jouxtant la cheminée et elle se trouva bientôt nez à nez avec un jeune homme boutonneux, avec un fouillis de cheveux couleur paille, qui venait prendre sa commande. Elle commanda son whisky d'un ton sec et le jeune homme aux cheveux couleur paille fronça les sourcils avant de tourner les talons.

Et la Veuve revint au Journal.

Elle sentit un frisson courir sur son échine en lisant la première page: feu Henri n'y avait pourtant tracé que trois lignes. La première disait : « Récit commencé à Sainte-Marie aux Mines ». La seconde : « Strasbourg : je n'écriai sans doute plus après cela. » La dernière : « Récit conclus définitivement à Paris. » L'écriture des trois phrases étaient bien celles du mari, mais leurs courbures différaient, ce qui témoignaient qu'elles avaient été tracé à des époques éloignées les unes des autres.

A vu de nez, la Veuve datait la première ligne des années soixante-dix, la seconde de la fin du vingtième siècle et la toute dernière ligne, plus brouillonne et tremblante, de l'année précédente, après l'accident vasculaire d'Henri. Tout cela annonçait un récit de longue haleine, qui s'éteindrait sur des décennies. Mais surtout, les trois lignes soulevaient une question mystérieuse : pourquoi Henri avait-il repris la plume l'année passée après avoir conclu son récit plus de dix ans auparavant ?

Pour avoir la réponse à la question, il suffisait de tourner la page.

« Les Dix-Huit autres » disait le titre.

Le chiffre dix-huit avait été tracé de la même écriture tremblante que la troisième ligne de la page précédente, en remplacement d'un « Dix-Sept » beaucoup plus assuré qu'on avait rageusement barré. On trouvait déjà là un éclaircissement quant aux raisons qu'avait Henri de reprendre la plume.

La première impulsion de n'importe quelle épouse dans une telle situation eut été de se précipiter sur les pages suivantes pour vérifier que les soupçons soulevés par ce titre étaient justifiés – qu'il s'agissait bien du récit de dix-huit aventures de son mari, plutôt que d'un journal conventionnel. Mais la Veuve n'était pas n'importe quelle femme et elle se contenta de soupirer avant de regretter que le serveur ne soit pas encore arrivé avec le whisky qu'elle avait commandé. Il eut été bienvenu.

Femme de certitudes, la veuve considérait qu'en toutes circonstances, il fallait garder son sang-froid ou du moins aussi longtemps qu'on n'avait pas de raison irréfutable d'être en colère. Dans le cas présent, la veuve pouvait toujours se convaincre qu'elle se faisait des idées, ce qui n'était pas difficile pour un esprit aussi imaginatif que le sien : plus de dix autres scénarii pouvaient justifier le choix du titre.

Mais en même temps qu'elle se contraignait au calme, elle réfléchissait aux conséquences de sa première hypothèse. Son mari, telle qu'elle s'en souvenait, n'était pas enclin à la confidence, et il y avait fort à parier que les seuls au courant de ses errances extra-conjugales en étaient les victimes. De ce fait, les chances étaient minces pour que la veuve soit publiquement humiliée par une révélation venue de la part d'un ami. Le pire cas de figure aurait plutôt été que l'une des maîtresses se présentât un jour pour réclamer une part de l'héritage avec un enfant larmoyant pour appuyer sa théorie. Mais elle en doutait.

Restait qu'une infidélité offrait à la veuve un droit nouveau : celui à la vengeance. Pendant de longues années de mariage, elle avait tout fait pour donner l'image de l'épouse modèle non tant par goût que par devoir. Avec dix-huit tromperies sur l'ardoise de son mari, elle avait peut-être le droit de s'écarter du droit chemin. Par exemple, elle pourrait penser à assassiner les succubes énumérées dans ces pages. C'était encore une chose qu'elle n'aurait pas avoué en confession, mais il lui était arrivé (en cas d'insomnie prolongée, à sa décharge) d'envisager des manières de déguiser un meurtre en accident. Les détergents du quotidien et autres sacs d'aspirateurs étaient autant d'armes qu'elle connaissait bien ; elle se demandait maintenant si elle aurait le courage de les utiliser.

La Veuve sourit pour la seconde fois de la journée. La pensée du meurtre ne deviendrait jamais une véritable action (elle en était presque sûre), mais elle trouvait vivifiant de s'autoriser à jouer avec l'idée. Trente années de droiture morale lui avaient suffisamment raidi le dos pour qu'elle se sente ravie de pouvoir se détendre un peu.

Le sourire de la veuve disparut aussi vite qu'il était né : le serveur revenait vers elle avec sa commande, et elle recomposa un masque adapté au veuvage. Malgré la lumière tamisée, le garçon aux cheveux couleur paille avait dû deviner sa perte, et elle trouvait malvenu de paraître trop enjouée.

« Ça vous fera huit euros » dit le garçon en plaçant un verre sur la table et la Veuve se permit de remarquer le léger ébrèchement sur le côté du récipient avant de penser qu'elle n'avait pas d'argent : son portefeuille dormait tranquillement dans la poche intérieure du manteau laissé chez elle. Dans sa précipitation à fuir les rapaces de sa belle-famille, elle ne l'avait pas pris. Elle s'était même fait violence sur tout le trajet pour ne pas remarquer le froid qui traversait sa robe.

« Je n'ai pas d'argent sur moi, dit-elle d'une voix neutre. Ça ira si je vous paie demain ? »

La figure du garçon répondit à sa place, et avec une vivacité insoupçonnée, il reprit le verre sur son plateau, tout en renversant la moitié du contenu sur sa chaussure.

« Pas d'argent, pas de boisson, geignit-il en lorgnant la tâche jaunâtre qui se répandait sur la moquette à ses pieds. Politique de la maison ».

S'ensuivit une discussion longue et fastidieuse entre la vieille dame et le serveur. Quoi que sa fierté le nia, la Veuve était trop fatiguée pour repartir d'ici sans avoir repris quelques forces, et elle pensait que sa promesse de payer le lendemain aurait dû convaincre le serveur. Quant à lui, il voulait des pièces sonnantes et trébuchantes au lieu d'élucubrations d'une vieille folle (ce qu'il eut la délicatesse de formuler plus sagement après que la veuve lui eut rappelé qu'elle aurait pu être sa grand-mère). Il lui expliqua qu'on ne pouvait pas rester devant la cheminée du Cochon cornu sans consommer quoi que ce soit. En conséquence de quoi la Veuve serait trop aimable de relever sa jupe boueuse et d'aller lire ailleurs.

Le ton était monté au gré de l'altercation et le patron sortit de la cuisine pour en comprendre. On lui expliqua. Il fit la moue. Finalement, il retira ses lunettes pleines d'un gras de mauvais augure et dit :

« Vous pouvez toujours faire la vaisselle ».

La Veuve resta interloquée pendant une longue minute. Le patron la mit à profit pour expliquer à cette vieille dame que les affaires périclitaient : un contournement d'autoroute détournait d'ici une grande partie des camionneurs qui représentaient son chiffre d'affaire. De ce fait, l'auberge ne pouvait plus s'offrir le luxe d'un plongeur, et demandait à ses serveurs de se relayer pour essuyer la vaisselle sale qui s'empilait dans un coin de la cuisine. L'aide de la veuve ne serait pas malvenu pour faire diminuer cette tour de Babel en échange d'une heure de service, le patron lui offrirait son whisky, accompagné d'un plat du jour. A prendre ou à laisser.

La Veuve retrouva sa voix à l'issue de cette proposition (qu'elle trouvait scandaleuse), et s'apprêtait à la refuser avec véhémence. Puis elle se rappela qu'il lui faudrait au moins une heure de marche avant de rejoindre n'importe quel autre endroit confortable du monde. Ce pourquoi elle tapa dans la main tendue du patron : la vaisselle contre le gîte et le couvert. Et dans une heure, elle saurait enfin qui étaient ces fameuses « Dix Huit autres ».

La femme qui lava les assiettes du Cochon Cornu trois heures après avoir enterré son mari aurait fait un titre accrocheur pour cette histoire –quoiqu'un peu long. Cependant, il n'aurait fait état que de la partie la moins mystérieuse de ce récit : qu'une femme de soixante-neuf ans retrousse les manches en soie de sa robe de deuil pour plonger les bras dans l'eau savonneuse ; qu'à la sueur de son front, elle récure une pile crasseuse d'assiettes jusqu'à les faire miroiter ; qu'elle accepte de prolonger ses efforts vingt minutes supplémentaires à la suite de l'arrivée d'une tablée de vingt personnes qui nécessitaient que toute la vaisselle soit propre et disponible ; et qu'elle ne demande même pas d'augmentation de son salaire pour ce supplément.

Ce qu'un tel titre oubliait, cependant, c'était la manière dont la Veuve fit la Vaisselle : un œil sur l'assiette qu'elle avait entre les mains, l'autre sur le journal qu'elle avait mis à l'abri des éclaboussures, sur un réfrigérateur. Sur ses lèvres, un sourire se dessinant par intermittence. Sous son crâne, une tempête qui aurait fait trembler un boucanier des caraïbes.

En effet, tout en travaillant, la Veuve voyait défiler sa vie avec Henri pour trouver les espaces où loger les « dix-huit autres ». Et, aussi désagréable que cet aveu put être pour la veuve, leur apparition dans des histoires auxquelles elle n'avait plus pensé depuis dieu sait quand offrait un lustre bienvenu à ses souvenirs : l'éclat de la nouveauté !

Prenons les deux années au Chili, par exemple. Quand Henri avait rejoint le corps diplomatique et que les deux époux avaient dû loger dans une chambre minable de Santiago. Pour la Veuve, c'était jusqu'alors une période grisonnante, peuplée des jérémiades d'Henri à propos des tremblements de terre et de ses problèmes de digestions. Les mains dans l'eau chaude, la Veuve ajoutait aux convives des dîners diplomatiques assommantes une hispanique aux hanches plantureuse qu'il lui fallait détester et qui entraînait Henri derrière les tentures pour des baisers mouillés et indécents. Et cela rendait le souvenir beaucoup moins barbant. Quand la Veuve eut terminé la dernière assiette, elle en fut presque étonnée : elle avait une si longue suite de souvenirs à décortiquer qu'elle n'avait pas vu le temps passer. En quarante ans de mariage, il fallait dire qu'elle avait eu une foule d'occasion de perdre son temps.

D'un geste beaucoup moins indigné que lorsqu'elle avait arraché le tablier des mains du restaurateur, elle le reposa sur une chaise et se dirigea vers la salle en reprenant en main le petit livre qui avait mis le feu aux poudres de son imagination. Sa main jouait avec les pages du journal. Perdue dans ses pensées, elle pénétra dans la salle étouffante dont elle longea le mur vers la cheminée, là où elle avait commencé sa lecture et où la rejoindrait bientôt un steak chèrement gagné.

Elle atteignait le fauteuil lorsque dans la salle, quelqu'un cria :

« Mais c'est la Veuve d'Henri ! »

En entendant le nom de son mari, la Veuve sursauta comme si elle venait de mettre les doigts dans une prise. Mécaniquement, elle chercha des yeux celui qui avait convoqué l'homme avec le souvenir duquel elle venait de passer l'heure la plus agréable de leur mariage.

Elle en fut bouche bée : la tablée de vingt pour laquelle elle venait de laver le couvert était occupée par ses voisins de funérailles ! Fatigués d'attendre le retour de la veuve, les convives n'avaient pas voulu finir la journée chacun chez eux et avaient cherché le restaurant le plus proche pour évoquer ensemble, pour la dernière fois, le défunt. C'était ainsi qu'ils avaient découvert le Cochon Cornu.

La veuve était encore pétrifiée par la surprise quand certains convives se levèrent pour se diriger vers elle. Ce n'est qu'alors que la panique la gagna : elle tenait encore en main le livre des « Dix-huit autres

», sur lequel on ne manquerait pas de s'interroger autour de la table. Sans réfléchir, la veuve fit un choix irréversible : elle jeta le journal dans le feu.

Elle ne réalisa son geste qu'au moment où les flammes léchaient déjà la couverture, à la stupeur de ceux qui se rapprochaient d'elle et qui l'avaient vu faire. Mais quand elle comprit ce qui s'était passé, la veuve ne fut pas vraiment déçue. Elle avait mis une heure à commencer à imaginer les maîtresses de son mari et elle aurait quelques années encore pour continuer à les fantasmer. Cela valait mieux que n'importe quel récit scabreux, tout réel qu'il soit. D'autant qu'Henri avait si peu de style et de talent que ce qu'il avait écrit ennuieraient rapidement sa veuve. Même le sexe saurait être un peu terne, avec ses mots à lui. La veuve se prit encore une fois à sourire, ce qu'elle faisait toujours lorsque les mines inquiètes de ses amis furent à côté d'elle.

« Ce n'est qu'un vieux souvenir sans importance grommela-t-elle pour expliquer son geste. N'y faites pas attention. Mangeons plutôt, et parlons un peu. Parlons d'Henri, d'ailleurs. J'avais un mari mystérieux, il mérite bien qu'on l'évoque ».

Et faisant taire les questions qui étaient sur toutes les lèvres (comment avait-elle disparu ? pourquoi s'être caché là), elle s'assit à table avec tous les autres pour parler d'Henri. Rapidement, elle eut devant elle la vingt-et-unième assiette du restaurant qu'on avait fait apporter, et ce soir-là, le Cochon Cornu ferma ses portes plus tard qu'il ne l'avait jamais fait. On dit même qu'on y entendit s'élever au milieu de la nuit le rire d'une veuve.

Paris, 2012

Fantasme alsacien

Le froid s'était installé depuis plusieurs semaines sur les rives du fleuve Saint-Laurent et, en attendant de repartir, avait accroché sa blancheur aux gratte-ciels de Montréal : vêtue de neige, la métropole québécoise était belle comme une jeune mariée, de longues stalactites pendant ici et là comme les joyaux de son collier nuptial. Ses rues n'en étaient pas moins abandonnées par les passants qu'on ne voyait surgir d'une bâtisse que pour courir à la porte d'une autre. Il n'y avait guère que derrière une vitre que les gens se pressaient pour admirer les splendeurs de l'hiver, à l'abri de ses gerçures et des frimas. Pour le reste, la ville semblait vide.

Elle ne l'était pas entièrement.

Au sommet d'un immeuble si identique à ses voisins qu'un œil minutieux n'aurait pu les distinguer, au milieu du labyrinthe des cheminées crachotantes, trois femmes s'affairaient. Emmitouflées sous plusieurs pulls tricotés, leur visage rougi par le vent et parcheminé par l'âge, elles tournoyaient autour d'un four de briques dressé à côté de la cheminée de l'immeuble, derrière la vitre duquel des flammes voraces dansaient. Et, chose étrange, ces trois femmes dont les âges additionnés recouvraient deux siècles en tiraient à tour de rôle des tartes flambées qu'elles se partageaient joyeusement à une table dressée juste à côté. Elles les mangeaient avec l'appétit des vieillards en mâchant doucement leurs parts, dont les circonvolutions dans leur bouche faisaient tintinnabuler leur dentier. Elles mangeaient sans s'inquiéter le moins du monde que le repas refroidisse vite car, même glacée, la tarte flambée avait pour elles des accents délicieux.

D'où leur était venue cette étrange idée ? Du fait que, pour des Alsaciennes, la tarte flambée doit être chauffée au feu de bois et qu'elles n'avaient eu le droit d'en bâtir un qu'au sommet de l'immeuble. « Tant pis pour le froid ! » grommelaient-elles chaque fois qu'elles grimpaient là-haut sans égards pour le thermomètre et ses moins trente degrés. « Quand on est vieux, on a froid tout le temps. Entre moins dix et moins trente, il n'y a plus de différence ! » Et à voir leurs visages rayonnants pendant qu'elles grignotaient leurs parts et jasaient sur le toit, on n'aurait pas soupçonné que l'hiver battait son plein.

Ces trois vieilles dames devinrent célèbres à force de cuisiner sur les toits de Montréal. Les voisins curieux, qui les observaient douillettement depuis leurs fenêtres, finirent par endosser leurs polaires pour les interroger sur cette marotte. Bien entendu, elles les convièrent aimablement à leur table et, craignant de faire pâle figure en invoquant ce froid dont elles ne semblaient pas souffrir, tous acceptèrent. Après avoir goûté leur première tarte flambée, ils ne se firent plus prier pour revenir et invitèrent même quelques amis. La machine était lancée.

De fil en aiguille, la cohorte des amateurs de tarte flambée grossit jusqu'à faire parler d'elle. Le bruit enfla et avec lui leur renommée, si bien que les journaux se déplacèrent à leur tour. Ce fut un triomphe ! Quand on leur demanda pourquoi elles cuisinaient ici, sur les toits de Montréal, plutôt que dans cette région qu'elles aimaient assez pour en ressusciter la cuisine, elles répondirent : « Il n'y a qu'une raison qui pousse trois vieilles femmes à traverser un océan à plus de soixante-dix ans : l'enterrement d'un ami. C'était à Tadoussac y a deux mois, et après… après, on s'est prises d'affection pour la région. Et on s'est dit qu'on pouvait y rester quelques temps. Chez nous, y a que des enfants et des petits-enfants qui nous voient déjà au pied de la tombe et, quand ils ne se battent pas pour se partager l'héritage, ils viennent nous flatter pour qu'on leur en donne déjà une part. »

On approuva le choix des vieilles femmes et on construisit sur le toit un restaurant qui devint rapidement la coqueluche de tout le Québec. D'un peu partout, des chefs accoururent pour apprendre les recettes ancestrales qui devaient devenir les plus célèbres d'Amérique du Nord : Baeckeoffe, choucroute, Griesnaeppfle et bien d'autres dont elles écoutaient leurs élèves écorcher les noms.

Mais de toutes les spécialités qu'elles préparaient, c'était la tarte flambée que les clients redemandaient avec le plus de plaisir. Au bout de quelques années, elle finit même par perdre son nom. Sur la carte, on se mit à parler de Langue du Castor : lors d'une fournée malchanceuse, l'une des tartes avait glissé des mains de vieille et s'était étalée sur le sol avec la planche sur laquelle elle avait cuit ; les observateurs avaient alors trouvé que planche et tarte ainsi répandus rappelaient la forme d'un rongeur à fourrure et l'affaire fut pliée.

Voici l'origine de la Langue de Castor qui s'installa au fil des ans comme le nouveau plat régional du Québec. Quand la cupidité des enfants pousse les parents à s'exiler, il est heureux que les trésors qu'ils emportent profitent à d'autres.

Paris, 2012

Tomber de rideau

Sur les tréteaux branlants, Violetta Traviata mourut : sa silhouette gracile s'incurva, ses yeux s'écarquillèrent, puis, avec la douceur d'un roseau soufflé par le vent, elle s'affaissa. Son corps –vaincu le temps d'une pièce – demeura étendu quelques instants encore sur la scène. Puis, avec un chuintement caractéristique, le rideau la ravit aux yeux du public.

Une à une, trente longues secondes s'écoulèrent dans un silence de cathédrale. Puis Bérénice Langer surgit d'entre les pans du rideau rouge pour saluer, la mine étrangement résignée de ne pas avoir entendu un seul applaudissement.

La salle était vide.

Les rares spectateurs avaient disparu sans demander leur reste. Ils craignaient sans doute que les artistes ne passent dans les rangées en demandant une obole supplémentaire ; or, ils avaient déjà payé leur ticket et dans cette ville, comme dans toutes les autres, on n'avait plus d'argent. C'était déjà un miracle que quelques villageois soient venus assister au spectacle. Ailleurs, le théâtre ambulant avait été accueilli à coups de bâton avec ordre de déguerpir. Des artistes sur une place publique, c'étaient des bouches à nourrir supplémentaires dont les habitants se passaient bien.

Du fond des coulisses, Jérôme Langer regardait sa femme. Sa silhouette immobile au bord de la scène, sa tête baissée, son corps famélique, ses vêtements distendus d'avoir été trop portés, lavés, portés encore. Et surtout, au fond de ses yeux noirs, sa déception insurmontable. Bérénice savait que les spectateurs fuiraient au plus vite (c'était toujours ainsi) mais elle espérait malgré tout, chaque soir, cette salve d'applaudissements qu'elle n'avait plus entendue depuis des semaines.

Quand Bérénice eut disparu derrière le rideau, Jérôme s'arma d'un tournevis, d'un marteau et d'un maillet, et il commença à démonter les tréteaux. Alignée derrière lui, la troupe immobile l'instant d'avant suivit son exemple. En silence. Le soleil du lendemain les trouverait sur la route.

Les premières gouttes de sueur perlaient sur le front de Jérôme lorsqu'une voix l'interpella : « Monsieur, je peux avoir la robe ? »

Jérôme s'arrêta, essoufflé, mais il ne se retourna pas. Il savait qui l'appelait : un enfant aux grands yeux innocents, envoyé par sa mère pour faire l'aumône. Il y en avait eu plusieurs autres dans les villages précédents, qui convoitaient la robe de Violetta. Pour les quelques morceaux de fourrure du col et de l'ourlet, pensait Jérôme, ceux qui seraient utiles pour l'hiver.

La voix répéta « Monsieur, je peux avoir la robe ? » et, en soupirant, Jérôme se retourna.

Sa première pensée fut que ce n'était pas un enfant qu'il avait appelé mais une écrevisse. C'est–à–dire un nain avec un contrepoint écarlate, des chausses vermeilles et un chapeau à larges bords d'où pointaient deux plumes pareilles à des antennes. Cet accoutrement était absurde et Jérôme retint à grand-peine un éclat de rire. Il fit bien car deux colosses encadraient l'écrevisse, et leurs visages patibulaires annonçaient qu'on ne se moquait pas impunément du chef.

« Je veux la robe de la Traviata, geignit le nain en agitant dédaigneusement la main. S'il vous plaît. » L'incompréhension devait se lire dans les yeux de Jérôme car l'écrevisse ajouta : « Je n'accepterai pas de refus. Voyez-vous, depuis que Verdi a composé son opéra, ma famille particulièrement au personnage Violetta. Mon arrière-grand-père était même tellement fasciné par elle qu'il s'est persuadé de capturer… » il claqua des doigts «…l'essence de cette courtisane.»

Pendant une seconde ou deux, le nain attendit que son annonce fasse son effet. Puis il reprit : « A mon avis, mon aïeul était tombé amoureux d'elle. Il en était même tellement infatué qu'il s'est mis à collectionner les robes de toutes les cantatrices et actrices qui l'incarnaient. Pour lui, ces robes étaient un peu comme les pièces d'un puzzle qui prendrait son sens une fois assemblées. Nous, sa descendance, nous poursuivons sa quête désormais. »

« Par exemple : j'étais dans la capitale la semaine dernière pour acheter à Maria Callas la robe qu'elle portait à la première de l'Opéra de Paris. Aujourd'hui, je suis chez vous. Votre femme fait partie de mon puzzle, elle m'aide à trouver la clé à ce mystère fantastique que fut La Traviata. Sans sa robe pour me la rappeler, je ne pourrais jamais terminer l'œuvre majestueuse à laquelle ma famille a voué sa vie. »

Le laïus du petit homme était visiblement terminé, et Jérôme le regarda en silence. Puis, toujours sans un mot, il se dirigea vers les coulisses. Il en revint avec la robe qu'avait portée sa femme quelques minutes auparavant, quand elle s'écroulait sur la scène. D'un geste rude, il la tendit à l'écrevisse, trop ému pour parler. Le nain s'inclina lentement et s'en vint pendant que Jérôme retournait le plus vite possible à sa tâche. Dans son dos, le carrosse était sans doute redevenu citrouille : l'écrevisse qu'il avait fantasmée ressemblait à nouveaux à un enfant silencieux qui ne croyait pas à sa chance. Mais Jérôme n'y pensait pas, pas plus qu'au fait qu'on le réprimanderait, dès demain, d'avoir donné la plus belle robe de la troupe.

Dans la tête de Jérôme, le rêve continuait. Sa femme, l'Artiste, participait à une œuvre plus grande et plus belle que la misère.

Paris, 2012

Le puits de Hougoumont

Introduction : Waterloo

La nuit du 18 juin 1815 l'odeur entêtante du sang planait sur la plaine de Waterloo. Les ténèbres dissimulaient les traces de la bataille mais il aurait fallu se boucher le nez et les oreilles pour ne pas trouver l'écho : murmures des soldats agonisants, bruits étouffés des pas qui escaladaient les cadavres, crissements des brancards. Quelques lanternes s'acheminaient au milieu du labyrinthe de corps disloqués pour nier que la vie eut complètement abandonnée l'ancien champ de bataille mais c'était une vaine tentative de masquer la vérité : ce soir-là, Waterloo était un cimetière. Ce fut le prix de la paix en Europe : une génération sacrifiée au son des canons et de la mitraille. Rien qu'en France, Napoléon avait mené vers leur destin deux millions de ses sujets au nom d'une gloire que son Empire venait de voir voler en éclats.

Dans la masse anonyme des victimes du carnage, tous n'étaient pas encore morts lorsque le crépuscule s'étendit sur Waterloo. La pudeur voudrait que nous leur laissions l'honneur d'une mort silencieuse mais la fin de l'un de ces hommes fut si fantastique qu'il serait sacrilège ne pas rester encore quelques instants auprès des mourants. Cet homme, c'était mon père.

Des années me furent nécessaires pour percer le mystère que je m'apprête à révéler, la fin de l'homme à qui je dois mon existence : mes recherches se sont longtemps heurtées à la haine de mes grands-parents pour ce soldat qui n'eut pas l'honneur de mourir officier ; mais mon véritable ennemi, ce fut surtout le temps. En effet, quand je commençais à m'interroger sur mon père, les vétérans de Waterloo devenaient des vieillards ou dormaient dans la tombe. Pour que je m'enquière plus tôt du sort de mon géniteur, j'aurais dû naître avant ce 18 juin 1815 fatidique mais à l'heure des événements, je ne portais pas encore de nom, moi, début de rondeur au niveau des hanches de ma mère. Je naîtrais cinq mois plus tard, marque indélébile de son opprobre. Et j'eus encore besoin de vingt ans supplémentaires avant que, devenu un un jeune homme, je ne ressuscite cette page oubliée de l'histoire familiale qui rétablit l'honneur de mon père.

Chapitre 1 : Destin d'une femme dont l'amant partit pour Waterloo

Mes parents n'étaient pas mariés lorsque L'Ogre quitta l'île d'Elbe pour ses Cent-Jours. Ma mère a maintenu toute sa vie que si Napoléon n'avait pas si vite envoyé mon père à la guerre, celui-ci l'aurait épousé, mais je pense qu'il s'agit d'un mensonge qu'elle se racontait à elle-même.

Ils s'étaient vus pour la première fois à l'opéra, une rencontre que la mère le décrivit toujours comme un instant de grâce. Elle sentit sa présence avant de le voir, pendant un entracte : tournée vers la scène, le buste légèrement penché vers l'avant, la tête pointée hors de sa loge pour mieux regarder la fosse, un frisson la parcourut. Mes grands-parents avaient quitté sa loge pour quelques minutes et elle aurait dû être seule, elle le savait. Mais l'instinct niait cette solitude. Quand enfin elle osa faire volte face, elle ne le vit que furtivement : mon père, ou plutôt l'éclair d'un regard enflammé dans l'embrasure de la porte. L'instant fut fugace, où leurs yeux se découvrirent mais long pour que ma mère y lût la destinée que Napoléon lui ravirait ensuite : l'amour, le mariage, un foyer. Puis la porte se referma, et quand ma mère se précipita pour surprendre son ardent admirateur, il avait fui au bout du couloir.

Plus tard, ce même soir, elle le retrouva en sortant de l'opéra, alors que mes grands-parents l'avaient distancée pour héler un fiacre. Il la guettait près d'une statue et son regard brûlant le désignait comme s'il s'était toujours connu. Il était beau, vêtu de son uniforme avec sur le visage cette élégance distanciée, ironique, des simples gens que es galons ont fait monter dans la société plus vite qu'ils n'auraient pu sinon. Pour tout cela, elle l'aima mais surtout parce que, le premier, il l'avait convoitée et qu'elle ignorait jusqu'ici la brûlure d'amour-propre qu'on éprouve à se trouver désiré.

Ce soir là, mon père ne tenta ni de lui parler, ni de l'approcher. Il suivit simplement le pas nonchalant du fiacre pour reconnaître le domaine où elle vivait. Il reviendrait plus tard devant cette grille, la franchirait d'un bond leste, et manigancerait avec ma mère les rendez-vous qu'on imagine. Ainsi devinrent-ils amants, dans le plus grand secret, jusqu'au jour où Napoléon mobilisa à nouveau la Grande armée pour sa dernière marche. Et du jour au lendemain, mon père disparut, sans un mot.

On devine ce qui suivit : ma mère devint hystérique, si agitée qu'on fit accourir mes grands-parents et un médecin pour essayer de la calmer. A peine vêtue d'une chemise de nuit, les cheveux en bataille, elle menaçait en effet de courir dans la rue à la suite des troupes de l'Empereur. En écoutant ses paroles décousues, mes grands-parents comprirent assez vite que ce n'était pas tant l'armée qu'elle voulait retrouver qu'un soldat en particulier. Ils furent soudain foudroyés en devinant tout. D'ailleurs, quand ma mère se découvrit enceinte, mes grands-parents en avaient déjà fait la prédiction.

Au milieu de la colonne qui le menait vers son destin, mon père ne pouvait ni entendre les gémissements de ma mère, ni les malédictions que mes grands-parents formèrent à son égard. Il ne se doutait pas plus que j'allais en jour naître. Je crois qu'en bon patriote, il se forçait à ne plus penser à rien de désagréable se consacrer à son devoir de Français. Quant à ma mère, elle pleura. Des jours durant, des semaines. Les gouvernantes de la maison la trouvaient souvent sur le sol, les bras encerclant ses genoux, son ventre de plus en plus rebondi la gênant dans ses jérémiades. Apathique. Sinistre. Le jour de la bataille de Waterloo, alors même qu'aucune nouvelle n'était parvenue à Paris, elle pleura toutes les larmes de son corps et s'endormit d'épuisement au milieu de l'après-midi. Son amant n'était pas encore tombé. Mais ce jour là était bel et bien le dernier de son existence et un destin extraordinaire l'attendait.

Chapitre 2 : La piste d'un père

Or, lorsque mes grands-parents arrivaient à bout de leur patience – ce qui était fréquent avant mes dix-sept ans- ils m'envoyaient quelques jours à la campagne, dans un de leurs domaines où, sans qu'ils s'en doutent, leurs secrets étaient moins bien cachés qu'à Paris. Ils ne pensaient qu'à faire mon éducation et en particulier à me faire apprendre l'équitation et la chasse sans imaginer qu'ils me donnaient les premières pistes pour tracer ma route vers Waterloo.

C'était ma mère qui avait placée dans cette maison les germes des découvertes que j'allais faire. C'était en effet dans le calme de ce domaine de campagne –où les regards indiscrets ne pouvaient la suivre- que ma mère avait dû se retrancher lorsque les rondeurs étaient apparues sous ses jupes. Bien sûr, mes grands parents se relayaient pour lui rendre visite et lui signifier l'absence de nouvelles, à Paris, d'un homme, ou comme le disait mon grand père dans son langage fleuri d'un « gueux errant parmi les débris de la Grande Armée» venu réclamer une épouse. Mais la plupart du temps, elle demeurait seule dans ce grand domaine, retraçant à son malheur et ressassant ses doutes.

Or, au détriment des convenances auxquelles mes grands-parents étaient attachés -très à cheval sur la hiérarchie que la Révolution avait mis à bas, ils n'auraient jamais fait part du déshonneur de la famille à quelqu'un de la « populace »- elle se confia à certaines personnes de la maison.

Le hasard voulait que l'un des gardes-champêtres du domaine ait participé à la bataille d'Austerlitz, où il avait gagné une claudication qui -en plus de le rendre pitoyable- l'avait empêché de rester dans l'armée. Mes grands-parents, qui ne s'intéressaient pas à ceux que les gérants du domaine embauchaient comme serviteurs, m'avaient dit qu'il était sans doute boiteux depuis l'enfance (« comme tous ces pauvres de la campagne »). Lors de l'un de mes séjours, je lui demandais innocemment si cette histoire était vraie car j'étais fasciné par l'idée qu'un bébé aussi tordu put sortir du ventre d'une femme (quelques jours plus tôt, l'une des juments du domaine avait mis bas et j'avais eu la chance d'assister à l'évènement. Espiègle comme toujours, j'avais profité de l'occasion pour interroger les domestiques sur les mécanismes de l'enfantement et plus particulièrement ceux des humaines. Les réponses m'avaient retourné).

Le garde champêtre fut étonné par les élucubrations de mon grand-père, et peut être que si l'image que je lui décrivais avec angoisse –celle d'un enfant difforme jaillissant d'un ventre minuscule- ne l'avait pas fait autant rire, il aurait eu la présence d'esprit de mentir : comme je devais le voir par la suite, il ne parlait qu'à contrecœur de la guerre. Mais ce jour là, avant qu'il ait pu y réfléchir, il m'avoua avoir fait partie de la grande Armée.

Ce qui ma fascina plus encore que je ne l'étais par la naissance des bébés : pour un jeune homme de mon âge, la guerre avait encore un goût *nouveau* et *merveilleux* que je m'étonnais de ne pas retrouver dans les yeux du garde-champêtre. Son récit était d'autant plus merveilleux (à mon goût) que la guerre n'était jamais mentionnée à Paris, ou alors à mots couverts, sans doute à cause du souvenir cuisant que mon père avait emporté sur le champ de bataille l'honneur de ma famille (Pour ma part, j'ignorais encore que mon père avait servi comme soldat). De ce fait et malgré ma volubilité, je n'avouais à personne ce que le garde-champêtre m'avait raconté -sans doute car je sentais que cela ne m'attirerait que des ennuis-et je décidais que ce serait mon « Grand Secret ». Un récit sanglant et coloré que je me repassais régulièrement dans un coin de ma tête quand je m'ennuyais.

Pour revenir à ma mère, elle avait côtoyé ce brave homme au moment où la guerre était un mot qui la hantait. Elle demeurait en effet dans l'incertitude quant à la survie de mon père et espérait autant qu'elle les craignait les visites de ses parents qui pouvaient lui annoncer son retour ou son décès. Comme je l'écrivais un peu plus haut, il vint un moment où elle n'avait plus supporté de garder pour elle ses angoisses et elle s'était confié à celui dont le propre malheur était le plus évident : le garde-champêtre.

Il fallait dire qu'en plus de son physique distordu, le brave homme avait une figure compatissante et des yeux bleus si gentils qu'ils attiraient la confiance. Emu par les larmes qu'il avait vues sur les joues de ma mère, vaincu par ses supplices, il lui avait parlé à elle aussi de son passé napoléonien –chose que je découvris deux ans seulement après qu'il m'eut conté la campagne d'Austerlitz. Il lui en avait parlé parce qu'il avait encore des amis dans les armées de l'ancien Empereur et qu'il voulait les utiliser pour glaner des informations sur mon père. Il avait alors assemblé ses rudiments d'éducation et avait écrit à tous ceux dont il croyait encore connaître une adresse.

Les réponses avaient été peu nombreuses au vu de toutes les lettres qu'il avait envoyées… et encore moins concluantes. Le peu d'information dont disposait ma mère (un simple nom, ni bataillon, ni régiment) avait rendu difficile l'appel à la mémoire des soldats. Pire, ma mère avait dicté au forestier une description très pointilleuse de son amant, qui leur avait valu une foule de faux espoirs : si personne n'avait connu d'homme dont le patronyme était le bon, beaucoup avaient croisé –voire fraternisé- avec des soldats qui auraient pu être celui dont elle détaillait jusqu'aux coutures des vêtements. Hélas, les destins de tous ceux-là étaient presque identiques, puisqu'on les avait vus tomber sous la mitraille. Ma mère avait terminé ces lectures plus bouleversée encore qu'elle ne l'était en les commençant.

A mesure que les réponses s'étaient entassées, imprécises et décevantes, ma mère avait perdu le cœur de les lire. Au bout d'un temps, elle en avait laissé leur dépouillement à son confident, jusqu'à s'en détourner complètement pour retomber dans la mélancolie que j'ai déjà décrite : les errances dans les chambres, les pleurs ininterrompus, la souffrance dont elle ne voulait plus parler. Enfin, j'étais venu au monde, et à partir de ce jour, elle n'avait plus adressé la parole au garde champêtre comme si elle avait décidé de mettre mon père au rang des choses définitivement révolues. Tristement, son ancien confident rassembla les lettres qu'il avait collectées et les rangea dans un tiroir où elles devaient prendre la poussière pendant des années.

Je découvris ce pan caché de l'histoire de ma mère et la longue et infructueuse correspondance que l'homme avait soigneusement gardé, au cours de l'un de mes derniers « séjours de correction ». Depuis que le grand barbu à la jambe boiteuse m'avait parlé de son passé militaire, j'avais pris l'habitude de venir lui parler à chacun de mes passages à la campagne et je discutais avec toute l'inconvenance qu'on m'interdisait à Paris. J'avais commencé à emprunter la voie qui me mènerait à devenir doux et sérieux, à froncer les sourcils quand on m'interpellait plutôt qu'à répliquer avec violence, mais il me restait encore quelques restes d'effronterie qui me valaient d'aller prendre le vert et dont je déployais tous les artifices avec lui.

Lors de ce dernier séjour, je lui parlais pour la première fois de mon père. Par le passé, mes grands parents m'avaient condamné à la solitude –sans doute pour me protéger des regards méprisants de la société vis-à-vis d'un enfant hors mariage- mais j'étais arrivé à cet âge où il devenait urgent que je fréquente la société de mon âge pour ne pas devenir un reclus. Mais comme les enfants sont d'une grande cruauté, j'appris très vite –en plus des bonnes manières mondaines – que pour les autres j'étais « le fils d'un soldat de pacotille qui avait engrossé ma mère ». Ce qui m'avait amené à demander des explications troublantes à ma famille sur ces allégations. A contrecœur, on m'avait lâché quelques mots de l'affaire, à peine assez pour rassasier l'appétit que je me découvrais pour l'histoire familiale.

Envoyé à la campagne, je me confiais au garde-champêtre sans savoir que, ce faisant, je suivais l'exemple de ma mère. Mais là où elle avait pleuré et supplié, je fulminais que l'on m'ait si longtemps empêché de chercher les traces de mon géniteur. Face à moi, le forestier me fixait en silence pendant que je déversais ma rage à grands torrents furieux et lorsque j'eus terminé, il alla chercher dans son tiroir les lettres qu'il avait gardé pour ma mère. Il m'expliqua la quête infructueuse à laquelle ma naissance avait mis un terme, et m'expliqua que si je me rendais directement auprès de ses anciens camarades –dont la plupart étaient parisiens- j'en apprendrai peut être plus sur mon père. C'est en tous cas ce qu'il aurait conseillé à ma mère si elle ne s'était pas enfermée dans la mélancolie. Je l'étreignis avec émotion et décidai de lui obéir.

Je passerai sous silence les heures où je me soustrayais à la surveillance familiale pour sillonner les bas-fonds de la Capitale. Je retrouvais des ruines là où il y aurait dû avoir des pensions, des nouveaux nés là où auraient dû dormir les vétérans que je cherchais. Je m'entendis dire qu'il n'y avait rien à voir, rien à entendre, personne à rencontrer ou alors on m'emmenait en silence jusqu'à une pierre tombale ou une fosse commune. Aussi capricieux et impatient que j'avais été dans l'enfance, je me découvrais un tempérament pugnace et je ne baissais pas les bras pour autant. Les quelques survivants de Waterloo que je pus rencontrer ne m'apprirent pas grand-chose, mais je restais pendu des heures durant à leurs récits de campagne qui fleuraient le sang et l'orgueil. Jusqu'à ce que ma curiosité soit finalement récompensée. Au dernier moment, deux ans quasiment après le début de mes recherches clandestines.

Avec la dernière lettre du paquet qu'avait gardé le garde-champêtre mourrait mon dernier espoir et je m'acheminais vers l'adresse que l'on m'avait donnée avec une appréhension nouvelle : celle de savoir que je n'avais plus d'autres pistes à parcourir. Quand je frappais à la porte, j'avais conscience que la fin de mon épopée n'était peut-être qu'à quelques minutes de moi : il suffisait que l'homme que je cherchais soit parti ou qu'il soit mort, et je retournerai à ma vie bourgeoise sans rien connaître de mon père. Puis, l'homme m'ouvrit. J'entrais. Il me parla. Et je connus enfin l'histoire de mon père.

Il est curieux que mes recherches aient commencé si loin de Paris, et que le récit que me fit cet homme m'ait immédiatement projeté dans cette campagne. Non pas parce que mon père mourut au même endroit où ma mère avait dû se cacher pour me mettre au monde : mon père était bel et bien mort dans la plaine de Waterloo. Mais, en écoutant l'homme me parler, je vis apparaître un personnage qui, pour l'enfant que j'étais, était intimement lié à ce refuge forestier de mes jeunes années. C'était un personnage que je n'avais croisé qu'une seule fois, lors d'une partie de chasse à laquelle j'avais dû participais. Comme me le diraient mes compagnons, c'était une chance hors du commun car il ses soustrait généralement à la présence humaine. Un personnage terrifiant qui tint le rôle principal dans le trépas de mon père, et dont j'avais rencontré le regard vide et violent dans la profondeur des bois du domaine familial.

Un ours. Ce récit est celui de l'ours de Waterloo.

Chapitre 3 : L'ours de Waterloo

C'est l'un des forestiers qui m'accompagnaient à la chasse, une sorte d'idiot de village dont les réflexes rivalisaient avec ceux de ses chiens, qui ne cessait de me répéter ce proverbe : « là où vit l'homme, l'ours ne se montre jamais ». C'était sa manière de fanfaronner pour avoir réussi à suivre cinq ours jusqu'à leur tanière, où il les avait brutalement abattus : il ne manquait jamais de me rappeler que la simple tâche de trouver ces cinq proies «était l'œuvre d'un chasseur hors-normes».

Au bout d'un moment, je m'étais lassé de ses vantardises, et tout en faisant semblant de l'écouter bavasser, je réfléchissais à d'autres choses, et en particulier aux raisons pour lesquelles les ours se retranchaient si loin dans les forêts. J'en étais finalement arrivé à la cette conclusion : c'est l'instinct -plus que la peur ou la solitude- qui pousse l'ours à nous fuir.

A force d'avoir côtoyé les hommes, la bête a senti que nous la considérions comme notre ennemi mortel, bien plus que le sanglier ou le loup par exemple. Si nous le chassons si férocement, c'est parce que nous craignons sa domination physique, domination de toute sa carcasse en fourrure. Après tout, son corps est une architecture gigantesque qui nous inspire autant de jalousie que de craintes : du haut de notre vanité, comment pourrions-nous supporter qu'un animal nous surplombe lorsqu'il est assis sur ses deux pattes arrière ? Nous le chassons donc, soi-disant pour protéger nos femmes, nos brebis, nos villages, mais surtout pour éliminer la haine viscérale, maladive, de cet animal qui peut nous dominer.

Chassé par notre fierté, les ours se sont donc retranchés dans les forêts les plus denses d'Europe, si profondément cachés que si l'on n'en croise un, il nous sera sèmera aussitôt, glissant dans son antre touffu où ne nous ne serons pas le suivre. Il se réfugie là où L'homme ne s'aventure qu'à regret. Pourtant, en juin 1815, la traversée d'une telle forêt fut l'ordre donné à des soldats pour rejoindre un champ de bataille, et l'homme et l'ours se rencontrèrent.

Un régiment anglais avait commis une erreur d'itinéraire telle que, lorsque des messagers avaient réussi à le rejoindre, ils lui avaient commandé de traverser la forêt pour accélérer leur mouvement : on voulait qu'ils arrivent à l'heure à Waterloo. Les recherches que j'ai menées laissent d'ailleurs penser que les hommes s'étaient égarés à dessein, surtout si l'on suppose qu'ils auraient dû composer les premières lignes sur lesquelles les français auraient dirigés leur fusil. J'appris en effet que ceux qui composaient ce régiment se ressemblaient sur deux points, en plus de leur uniforme : la roublardise et la peur. Menacé de la cour martiale par les messagers, le régiment obtempéra et s'élança au travers de la forêt sauvage qu'on voulait qu'elle traverse. Cela eut une conséquence qu'ils n'avaient pas pu prévoir, car ils étaient parvenus à la tanière d'un ours.

Les hommes étaient armés jusqu'aux dents, et si l'animal avait été menaçant, ils l'auraient immédiatement abattu. Ou s'il avait été si menaçant pour qu'ils craignent que leurs balles ne viennent pas à bout de son ossature, peut-être auraient-il fui chacun de son côté, en espérant que l'ours suivrait les pas d'un autre de ses camarades (on m'avait dit qu'ils avaient déjà fait preuve d'un tel courage auparavant). Mais quand les soldats posèrent les yeux sur l'ours qui se traînait vers eux, des sourires de pitié remplacèrent les masques de la terreur et on baissa son fusil.

Ce n'était qu'une vieille bête avec de longs poils où le gris le disputait au brun, une bête dont le corps immense disparaissait sous une chair bouffie et flasque à force de vieillesse et d'inaction. Il avançait d'un pas lourd comme s'il allait s'écrouler d'un instant à l'autre pour ne plus se relever. Signe de sa mauvaise santé, ses longues griffes, émoussées par l'âge crissaient à chaque pas sur la terre où elles ne parvenaient plus à s'enfoncer.

Lorsque le régiment fit face à l'ours, celui-ci leva sur les soldats des yeux injectés de sang ou la férocité avait dû disparaître depuis longtemps et ils virent le dernier signe de sa défaite : au-dessus de son museau luisant comme un caillou, de lézardes courraient jusqu'à sa paupière droite : elles ne ressemblaient pas aux marques qu'un autre ours lui aurait infligé, mais plutôt à celle qu'un chien ou qu'un loup avait laissés lorsqu'ils chassaient la bête de leur territoire.

Dès l'instant où ils virent l'animal, les soldats échangèrent des regards complices, car ils savaient qu'ils pouvaient profiter de lui. En effet, depuis la Révolution des Sans Culottes, mais plus encore depuis la montée au pouvoir de celui qu'on nommait l'Usurpateur, la guerre était devenue le quotidien de l'Europe. À mesure que les troupes s'épuisaient de routes en casernes, de campements en champs de bataille, d'espoir de paix en résignation, on s'était habitué à ne se sentir nulle part chez soi. Ou alors jamais pour longtemps.

De ce fait, les soldats avaient crée des symboles pour se donner l'impression d'être des familiers d'endroits où ils étaient arrivés la veille. Comme les tribus barbares d'Afrique, ils érigeaient des totems, plaçaient des pierres décorées qui marquaient leur territoire au point qu'on aurait pu croire qu'ils étaient devenus superstitieux. La vérité était qu'ils avaient seulement besoin de se sentir chez eux. Une des conséquences de ce phénomène était que les mascottes s'étaient multipliées dans l'armée, c'est-à-dire ces animaux dont le rôle était crucial : les régiments les traînaient derrière eux pour les exhiber à leurs voisins comme un miroir de l'éclat que les soldats avaient vu jaillir sur eux-mêmes lors des batailles.

En voyant l'ours, les soldats calculèrent aussitôt l'intérêt qu'ils avaient à en faire leur mascotte : outre l'honneur qu'ils apporteraient à leur compagnie en menant un ours à la bataille, les soldats pensaient au rythme ralenti que le pas fatigué de l'animal les forcerait à adopter. Les heures de retard qu'ils prendraient ainsi seraient des heures qui ne passeraient pas sur le champ de bataille et qui leur permettraient peut-être d'avoir la vie sauve.

Bien sûr, le pari était risqué. On ne manquerait pas de voir qu'ils manqueraient le début de la bataille et les officiers voudraient un rapport. Comme les messagers l'avaient laissé entendre, la cour martiale les menaçait déjà. Mais, en supposant que l'Europe vienne à bout de Napoléon –ce qui ne manquerait pas d'arriver même si l'on craignait que l'Ogre de Corse ait encore l'esprit affûté- si donc l'Europe gagnait, les autres soldats seraient fiers de faire se pavaner leur ours devant les prisonniers français. Voilà ce que pensaient nos hommes, et ce raisonnement bancal n'aurait pas pu naître ailleurs que dans l'esprit d'hommes apeurés : tabler sur la magnanimité d'une cour martiale relève de l'inconscience.

Quoiqu'il en soit, on captura l'ours. Sur ce point, la tâche fut aisée : on l'entoura, on usa de cordes qu'on resserra autour de lui, puis, quand on l'eut ficelé on l'enchaîna. Il poussa à peine quelques cris plaintifs, mais il n'essaya pas vraiment de se rebeller. Ceci fait, on l'habilla en jugeant qu'une véritable mascotte ne peut se contenter de sa fourrure pour impressionner d'autres soldats.

Les soldats possédaient justement dans leurs besaces des habits qui avaient appartenu à des camarades tombés au combat : quand ils étaient à court d'argent, les hommes du régiment pouvaient toujours vendre ces tissus épais et excellents à d'autres soldats qui voulaient rapiécer leurs tenues. Un peu à contrecœur, ils mirent en commun leur trésor, tirèrent des fils, enlevèrent des boutons, ajoutèrent quelques fioritures jusqu'à ce que l'ours fut habillé. Il possédait alors un manteau aux couleurs rouges orné de boutons dorés, et on avait même réussi à lui fabriquer une petite épaulette orange. Un seule cependant, car il n'y avait pas assez de tissu pour deux. C'était le dernier élément qui répondait de la cohérence du déguisement, toutefois : on l'avait coiffé d'une toque qui avait appartenue à un géant. Un boulet de canon avait éparpillé la tête de l'homme en question, et elle seyait parfaitement à l'animal.

L'ours de Waterloo venait de voir le jour, et tandis que le soleil disparaissait derrière les aulnes, il emboîta le pas du régiment anglais qui le menait à la guerre.

Mon père l'attendait au bout de son voyage.

Chapitre 4 : Une tombe et un puits

Très jeune déjà, j'avais compris que c'était mon grand-père qui commandait l'humeur de la maison, et j'avais pris l'habitude de catégoriser les événements et les choses suivant son opinion. Par exemple, parmi mes joujoux et colifichets j'avais toujours en bonne place ceux qui l'attendrissaient comme mon cheval à bascule -qui lui rappelait que je serais un jour un cavalier vaillant- ou ma couronne peinte par je ne sais quel artiste en vogue -qui faisait se gonfler d'orgueil sa poitrine de vieil aristocrate. En revanche, j'allais me cacher pour jouer avec ceux qui lui faisait froncer les sourcils en pensant que je me comportais plus en fillette qu'en bon héritier de sa fortune. (J'avais une affection particulière pour une certaine poupée que ma mère gardait sur une étagère, et je me tapissais dans l'ombre lorsque je m'amusais à faire parler la seule amie que je pouvais croire « de mon âge » dans cette grande demeure.)

De manière générale, je catégorisais tout suivant ce qui pouvait plaire à mon grand-père ou non, et je crois d'ailleurs que si j'étais turbulent, c'était parce que, malgré les réprimandes, je distinguais dans son regard une lueur d'amusement -voire de respect- lorsque je piquais mes colères. Faut-il croire que j'y voyais une invitation à continuer dans mon effronterie et ma mauvaise humeur ? Quoi qu'il en fût, grand-père m'avoua sur son lit de mort que mon caractère irascible et intraitable l'avait parfois gonflé d'orgueil et ma grand-mère eut l'audace de me féliciter d'avoir travaillé avec autant d'application à le rendre fier de moi.

Parmi les autres classifications que j'avais établies, il y avait celle qui séparait les disputes ennuyeuses des disputes impromptues. Était définie comme impromptue toute dispute qui opposait mon grand-père à un adversaire sur un sujet trivial et sans importance : la dispute impromptue ne durait jamais plus de quelques minutes, et pouvait se terminer par un grand éclat de rire. Et si les épaules de mon grand-père s'étaient suffisamment secouées, celui-ci poussait la bonne humeur jusqu'à reconnaître la victoire de son opposant.

Par opposition, les disputes ennuyeuses se caractérisaient par un grand sérieux, des sujets épineux, et une mauvaise humeur détestable qui faisait planer sur nous des nuages menaçants tout le reste de l'après-midi. Du fait de la « profondeur » des sujets qu'elles abordaient, les disputes ennuyeuses se poursuivaient sur des mois (s'il s'agissait d'actualité, comme pour une discussion sur une loi) ou des années (si la question était idéologique). C'est cette durée qui justifiait leur dénomination : très rapidement, mon grand-père avait fait le tour des arguments qu'il pouvait avancer et nous en étions vite réduits à réécouter leurs déclinaisons, interversions, reformulations sans jamais, jamais, apporter de nouveautés dans le débat. Autant dire : je m'ennuyais ferme.

L'une de ces discussions –plus ennuyeuse que les autres encore- concernait le père Lachaise. Sur ses vieux jours, mon grand-père affichait de plus en plus violemment son désir d'être inhumé en ce lieu paisible où Abélard reposait depuis 1817. Royaliste jusqu'au bout des orteils, il ne tenait pas pour autant justice à Bonaparte d'avoir fait construire ce cimetière, contrairement à ma grand-mère, d'habitude docile mais aussi farouche anti-bonapartiste. Ils ne manquaient pas de s'écharper sur cette question et ma grand-mère prenait à partie tous les aristocrates qui fréquentaient notre salon, lesquels s'engageaient dans une joute avec grand-père que je suivais d'un œil morne. Elle m'ennuyait plus que les autres car j'admirais l'absurde de passer sa vie à choisir sa mort, mais surtout parce qu'une tombe était –à mes yeux- l'objet inutile et le plus dépourvu de charme que je connaissais.

Ce n'est que le jour où j'ai commencé à aimer mon père que j'ai compris que je me trompais. Avant, lorsque j'accompagnais mon grand-père à la Toussaint à travers les allées du père Lachaise, je m'étonnais de l'émotion que je lisais dans ses yeux lorsqu'il se recueillait sur la stèle d'Héloïse et de son amant. Il y avait une pudeur authentique sur son visage car cette pierre dressée, cette forme si peu naturelle, grave et inerte, était comme une serrure à laquelle il appuyait sa bouche dans l'espoir que l'homme dans la pièce à côté entendrait sa supplique. A l'époque, je n'avais personne à qui j'aurais voulu adresser des vœux, des espoirs, ou même quelques phrases. Je n'admirais ni n'aimais personne sinon des vivants, et je les trouvais parfois trop envahissants pour pouvoir imaginer avec tristesse leur absence.

Puis, j'aimai mon père et je découvris que sans tombe, il n'y a nulle serrure pour parler à ceux qui sont disparus et il faut regarder vers les cieux en espérant que quelqu'un nous écoute.

Voilà donc pourquoi j'écris : après avoir minutieusement rassemblé les morceaux qui composent sa fin de vie, j'ai voulu ériger la stèle vers laquelle me tourner chaque fois que je voudrais le prier : un endroit où son nom sera noté, gravé, commémoré. La pyramide de mots au sommet de laquelle il trônera. Comme pour les plus belles tombes, il y aura des gravures pour enjoliver sa pierre tombale, et ce seront les recherches que j'ai faites pour colorer ce dernier récit. Certes, elles ne m'ont pas donné toutes les réponses sur la chronologie des évènements, et j'ai peut-être du ajouté quelques détails de mon imagination pour mieux rendre justice à l'homme que fut mon père. Mais on saura me pardonner, en comprenant les motivations à vouloir faire le mausolée le plus digne qui soit et en croyant – sincèrement- que la plupart du récit que voici s'est réellement déroulé.

Pour nous approcher du dénouement qui refermera la tombe de mon père, retrouvons l'ours de Waterloo. Nous l'avions quitté alors qu'on l'enchaînait et c'est toujours comme captif que les premiers rayons du soleil de Waterloo le cueillirent. Sa lourde chaîne était attachée à un poteau, en retrait du campement anglais et il s'était allongé, le museau enterré sous ses pattes pour cacher la lumière du petit jour.

Le campement dont il s'agit se trouvait près de Mont-Saint-Jean, car l'espoir des Anglais-de se soustraire au combat en calant leur part sur celui de l'ours- s'était révélé vain : de nouveaux messagers les avaient retrouvés depuis l'escapade en forêt, et les menaces dont ils étaient porteurs étaient assez imagées pour que le régiment accélère le pas. Au grand déplaisir de l'ours qui avait dû trotter derrière eux, ils avaient rallié le campement où l'état-major voulait qu'il passe la nuit, campement qu'on avait installé près de tentes hospitalières où l'ours pourrait écouter les combats sans gêner personne. C'est là que nous le retrouvons, au moment précis où la bataille le réveilla.

Bien qu'en retrait des champs de bataille, l'ours eut une vue réaliste du massacre : des va-et-vient de brancard sur lesquels une chair informe s'agitait faiblement pour rappeler qu'elle avait été un homme, un capitaine, un soldat. Pour rythmer ses allées et venues, un concert de cris, de gémissements, de coups de feu pétaradant en cascade, qui laissaient deviner la rapidité avec laquelle l'Europe se dépeuplait. Entre armes, voix éraillées, talons sur le sol, canons bien huilés et tambour de guerre, il y avait assez d'instruments pour former le plus grand orchestre du monde, qui jouait sa partition la plus sinistre. Pour l'ours, ce n'était que du tintamarre, un tintamarre qui se prolongea toute la journée durant, quasiment jusqu'au crépuscule, sans qu'il put rien faire que tirer inlassablement sur cette chaîne qui ne voulait pas se détacher. Et enfin, la bataille se termina.

Les hommes qui l'avaient capturé quelques jours plus tôt revinrent. Moins nombreux, mais ceux qui revenaient criaient « hourra » et s'embrassaient, comme les hussards qui se mêlaient à leurs rangs. L'ours l'ignorait, mais la France venait de subir une défaite dont elle ne se remettrait jamais, et on avait lancé une partie de la cavalerie à la poursuite de la Grande armée en pleine débandade. Napoléon serait bientôt jugé, condamné, exilé. Et c'est ce futur qu'on devinait déjà que les soldats fêtèrent ce soir là, comme si cette ultime bataille avait transformé tous les hommes en Sybille. Tout à leur bonheur, ils regardaient si loin en avant, et chantaient si faux et si fort qu'ils n'entendaient pas les cris de l'ours, qu'on avait laissé près des tentes, esseulé et affamé. On ne l'avait plus nourri depuis la veille et personne ne penserait à prendre soin de lui au cour de la nuit de ripaille.

Alors l'ours cessa d'être faible.

Il fallut deux heures pour que la faim fût intolérable et lui donnât la force. La faute à la beuverie et au festin auquel il n'était pas convié, et dont il reconnaissait les échos et les odeurs. La faute à la nourriture qu'on s'échangeait en riant pendant que son propre ventre gémissait : ce sont les pires tentations et les injustices criantes qui savent nous donner l'énergie que nous pensions ne plus avoir. Furieux comme une divinité germanique, l'ours qu'on avait pensé émoussé, perdu, battu, se redressa enfin sur ses pattes arrières, arracha ses chaînes et mugit dans la nuit. Quelques minutes supplémentaires et la troupe bien trop saoule pour fuir ou pour lui opposer une quelconque résistance succomba à ses coups de griffes.

De tous les présents, il n'y en eut qu'un pour lui échapper : un sous-officier français, que le régiment anglais (bien connu pour sa vaillance), avait attrapé alors qu'il rendait les armes, et ils avaient décidé de s'en moquer pendant la soirée, en même temps qu'ils bâfreraient – ce serait une belle distraction. Lui seul n'avait pas bu quand l'ours s'attaqua au campement et sous l'assaut des coups de griffes, il réussit à se délivrer et fit la seule chose sensée : il prit ses jambes à son cou. Sans cela il serait mort comme les autres, et je n'aurais pas pu le retrouver, dans cette petite maison que la lettre du forestier m'avait amenée avait découvrir. Sans lui, je n'aurais pas connu mon père.

Revenons à l'ours cependant.

Dans sa folie meurtrière, l'ours s'était rassasié à grand renfort de coups de gueule et de mouvements de patte furieux, ingurgitant des monceaux de viande, et parfois des bras ou des jambes encore chauds à mesure qu'il s'énervait. Mais il n'avait jamais pensé à boire et la dévastation qu'il avait semée avait éventré tous les tonneaux, toutes les gourdes, en un mot toutes les ressources qu'il aurait pu avoir. En plus du sang de milliers d'hommes, la terre de Waterloo avait eu le privilège d'être baptisée avec toute la bière et le vin d'un régiment. (Et ce soir-là, ce n'était pas rien). Pour l'ours, en tous cas, il n'y avait plus rien. C'est pour cela qu'il se mit en route à travers la cohorte de cadavres qui jonchaient la plaine, car il voulait boire. Abandonnant le campement désormais aussi silencieux que le champ de bataille, il se dirigea au hasard dans la nuit de Waterloo.

Vous n'êtes sans doute pas aussi familier que moi avec la terre de Waterloo, avec l'échiquier où s'est déroulée la partie décisive pour le calme de l'Europe. Il n'y a pas besoin de connaître le détail des mouvements des armées, les déplacements de troupes pour continuer ce récit, mais il faut un tout petit peu connaître la topographie du lieu : pas très loin de Mont-Saint-Jean, où l'ours venait de se libérer, il y avait un puits vers lequel l'ours se dirigeait sans le savoir. C'est le puits d'Hougoumont.

Chez Victor Hugo, ce puits est mentionné pour avoir été rempli à ras bord des cadavres des cinq armées, entassés là au cours des assauts répétés et désespérés de la journée jusqu'à former une muraille inextricable et colorée de corps et d'uniformes. D'ailleurs, tant de sang avait ruisselé des blessures ouvertes dans les ventres, les bras, les têtes de ceux qui gisaient là que si on avait enlevé tous leurs corps, l'eau aurait été rouge comme le drapeau soviétique. Tel était le discours d'Hugo. Le discours de l'histoire se résume à nier qu'on jeta un seul corps dans les eaux de ce puits, car un capitaine quelconque, qui passa le lendemain matin, plongea le regard à travers le puits et vit briller l'eau claire et limpide dont il se fit tirer un seau.

Notre ours ne connut ni Victor Hugo, ni l'histoire. Il connaissait seulement la terrible soif qui fait trembler la vue et fait oublier les distractions. Il n'essaya pas par la suite de corriger les historiens, ni le romancier, même s'il parvint au puits de Hougoumont au gré d'une errance que nous ne décrirons pas, mais où il ne croisa personne. Quand il arriva, ce fut Hugo qu'il aurait applaudi : le puit était une tombe ou plutôt, un charnier.

On pense que, peut-être, l'ours se lamenta et continua son chemin. Il n'en fut rien. Au contraire, en s'approchant du puits, il eut un rictus de plaisir cruel, une moue d'avidité qui aurait fait tomber raide mort tous ceux que sa fureur avait seulement tétanisés et qui avait eu besoin d'une griffe pour succomber. La raison de son sourire cupide était simple : à travers la masse des cadavres, l'ours voyait l'eau.

Il ne s'agit pas d'une métaphore, car les ours n'ont pas plus d'imagination que les autres animaux : s'il n'avait pas vu la couleur de l'eau, il aurait pas deviné que, sous cette masse de cadavres qui tournaient vers lui leurs yeux éteints, coulait une source qui étancherait sa soif : dans sa montagne germanique, l'ours n'avait jamais vu depuis car il n'avait jamais traversé de village et, et il ignorait donc que la structure de pierre était une saignée pratiquée par l'homme dans la terre. Il vit donc l'eau, et s'il la vit, c'était pour une raison simple : par un hasard incompréhensible, il y avait un chemin pour l'œil depuis le sommet du puits jusqu'au fond qui permettait d'observer le clapotement de l'eau.

Et par ce maigre chemin où l'œil de l'ours plongeait avec délice s'élevait aussi une voix. Une voix faible qui demanda, en entendant le son étouffé des pas de l'ours qui s'avançait vers le puits : « aidez-moi ! »

Du fond du puits où il n'était pas encore mort, mon père appelait.

Chapitre 5 : La voix sortant du puits

Dans mon enfance, ma mère n'élevait pas souvent la voix, sauf quand je mentais. Aussi complaisante qu'elle fût pour mes sautes d'humeur (ou pour cette impolitesse qui avait fait rougir deux ou trois nonnes de passage), elle était intraitable sur le mensonge. «On assume ce que l'on fait » disait-elle en prenant mon visage entre ses mains. « Même lorsque ce sont des bêtises. On n'invente pas des carabistouilles pour rejeter la faute sur un autre. »

Lors de ses sermons, rares en regard du nombre de stupidités auxquelles je savais me résoudre, la voix de ma mère vibrait de douleur féroce et de déception. Et c'est l'écho de ces accents déchirants, plus que les coups de verge de mon grand-père, qui me poussèrent à exécrer le mensonge à mon tour. Dieu m'est pourtant témoin que grand-père mettait de l'énergie dans ses fessées.

Bien sûr, je n'arrêtais pas le mensonge du jour ou lendemain : attiré par la récidive, il dut m'arriver une fois ou l'autre que je contrefasse la vérité, soit parce que son crime me paraissait trop terrible pour penser une seconde à le confesser, soit parce que je trouvais mes alibis infaillibles. Mais il suffisait à ma mère de me fixer longuement pour qu'elle devine le pot-aux-roses. C'est en ces occasions qu'elle me répétait ce proverbe :

« Mon garçon, les yeux d'un homme ne mentent jamais ».

Des années plus tard, dans la maison où –même si je l'ignorais encore-, je m'apprêtais à apprendre le destin de mon père, je repensai à cette maxime. Ce jour-là, le vieux corps en face du mien appartenait à un soldat français que des anglais avaient capturé sur le champ de bataille de Waterloo des années auparavant. Suite à son arrestation et à la défaite de Napoléon face aux armées d'Europe, les britanniques avaient organisé une fête durant laquelle ils s'étaient amusé de lui, et ce jusqu'à ce qu'un ours déchaîné ne pénètre dans le campement et ne libère le français par accident. Profitant de sa chance, le soldat avait fui pendant que l'ours s'occupait d'éviscérer ses tortionnaires.

Mais il n'avait pas fui trop loin, et ce furent ces yeux qui m'en apprirent la raison. Ses yeux avouaient une vérité sans complaisance, qui m'offrit une plongée dans la noirceur de l'âme humaine : il était resté là-bas par méchanceté. Habitué à la cruauté de la guerre, il n'avait pas seulement voulu échapper à ceux qui l'avaient fait souffrir : il espérait les voir payer pour leur crime. Et il me suffisait de mon plonger mon regard dans celui de mon conteur pour voir briller l'ectoplasme d'une joie mauvaise qui avait dû brûler-là pendant que ses tortionnaires se faisaient massacrer.

J'ai conscience que la cruauté est une tâche sur la tombe que j'essaie de construire pour mon père. Pourtant, je n'ai pas voulu l'escamoter, non par souci d'authenticité parfaite, mais à cause de ceci : si le soldat n'avait pas observé la mise à sac du campement, il n'aurait pas vu l'ours s'éloigner de sa démarche redevenue pataude. S'il ne l'avait pas suivi, en se disant que les soldats ennemis s'éloigneraient du sillage d'une bête aussi sauvage, il ne serait pas arrivé au puits de Hougoumont. Ce faisant, il n'aurait pas entendu la voix de mon père monter des entrailles de la terre et je me sentirai toujours orphelin. Une part de moi ose voir l'absolution de son péché dans le grand bienfait que son ignominie a amené au fils que je suis.

« La voix était tellement étouffée que le gars devait être tout au fond du puits » m'expliqua le vieux soldat tandis qu'il bourrait sa pipe. A ses côtés, je l'écoutais religieusement, aussi immobile qu'une statue. « Pendant la bataille, ils ont dû jeter là–dedans tous ceux qui les encombraient. Surtout ceux qu'ils pensaient morts. Ou presque. Mais quand l'ours s'est amené, personne n'avait vidé le puits et y avait des corps jusqu'à ras bord. Des corps, y en avait un qui l'était pas encore, mort. Il a dû entendre la bête venir, parce qu'elle faisait un bruit de tous les diables. C'est pour ça qu'il s'est mis à appeler ».

Le vieil homme tira une longue bouffée de sa pipe et j'en profitais pour déglutir. Sans que je puisse l'expliquer, j'avais retenu ma respiration depuis qu'il avait commencé à parler de l'homme au fond du puits de Hougoumont.

« Ce qu'est étonnant, c'est qu'il ne disait pas « Aidez-moi ». C'est ce que disaient tous les autres. En suivant l'ours, j'en ai entendu plein qui gémissaient sur le bord de la route. Ils le disaient tous différemment, mais au fond, ils râlaient pour la même chose : qu'on les aide. Ils voulaient de la bouffe, ou à boire, ou même mourir quand ils savaient qu'ils étaient foutus. Mais le type du puits, non. Lui, il disait « Je l'aime » »

A nouveau, il s'interrompit, indifférent à l'excitation de mon corps frissonnant. Sa bouche se mit en quête de l'embout de sa pipe, et j'eus la vision d'un enfant gourmand dont les lèvres ne pouvaient s'écarter plus de quelques secondes du sein maternel. La puérilité de cette vision, à une heure aussi cruciale de mes recherches me scandalisa légèrement.

« A-t-il parlé de celle qu'il aimait ? » demandais-je avec un peu trop de sécheresse dans la voix. « A-t-il donné un nom peut être ? une description, un élément qui permettrait de savoir qui elle était ? »

C'était la première fois, au cours des derniers mois où j'avais évoqué la charpie et le sang comme d'autres parlent du temps et des moissons, que l'on prononçait le mot « amour ».Je l'aime, c'était comme une symphonie à mon oreille qui convoquait l'image de ma mère, plus jeune, laquelle se mit à danser à la lisière de mon esprit.

Mais mon impatience de continuer n'était pas marqué par la même naïveté que la vision qui m'assaillait : au contraire, en habitué des désillusions, je voulais précipiter la révélation du vieillard pour essuyer au plus vite ce que je pensais être un faux espoir. J'espérais presque que le soldat me parlerait d'une blonde potelée qui ne lui ressemblait en rien, pour mettre fin à cette mascarade et que je cesse de m'accrocher à cet espoir qui était devenu un fardeau

Mais le vieil homme se borna à secouer la tête en même temps qu'il soufflait un rond de fumée de la taille d'un étang pour grenouilles.

« Je l'aime, c'est tout ce qu'il a dit, en boucle, jusqu'à la toute fin. Mais » ajouta-t-il avec le sourire en coin du conteur qui a gardé un atout dans sa manche « juste avant de mourir, il a ajouté une autre chose. Quelque chose de très bizarre. Mais si je le disais tout de suite, ça pourrait gâcher mon histoire » conclut-il avec une mine satisfaite.

Cela faisait plusieurs années que j'avais troqué mon caractère de dictateur contre un visage poli et avenant, mais à cette seconde, je reniais mes vœux de tempérance : à cette seconde, ce soldat, dernier d'une longue liste de combattants dont j'avais visité tous les chevets, dernière lueur d'espoir que j'essayais moi-même de faire vaciller, cet homme jouait avec mes nerfs. On comprendra que cela m'ait rendu fou

Avant de le réaliser, je m'étais donc redressé, campé sur mes bottes usées et rapiécées comme celles d'un gueux de bas étage, et j'ordonnais :

« Dis d'abord ses derniers mots ! L'histoire ensuite ! »

Etait-ce l'âge qui l'avait privé du courage dont tout son récit avait été empreint, ou étais-je véritablement terrifiant ? Quelle que fut la vraie raison, le sursaut que je venais d'avoir fit bondir d'effroi le vieux soldat. Il leva les mains comme pour se protéger d'un crachat ou d'une pluie de grêlons et resta la tête cachée pendant qu'il murmurait quelques mots que je crus mal entendre.

Ma colère cessa aussi vite qu'elle était apparue.

« Qu'avez-vous dit ? » demandais-je en repassant à un vouvoiement plus de rigueur dans notre situation. La douceur de ma voix me surprit moi-même et je ne comprenais que trop bien la lueur inquiète qui vrillait l'œil de mon conteur lorsqu'il sortit la tête de sous ses mains. Il attendit quelques secondes avant que sa respiration ne retrouve son rythme habituel, puis il redit ce que je n'avais osé croire.

« Je retourne à l'opéra ».

Un ange passa.

« C'est ce qu'il a dit. Je m'en souviens très bien parce que je ne voyais pas ce que l'opéra venait ficher là, sur un champ de bataille. »

Il se tut à nouveau et m'observa intensément. Mon visage exprimait-il l'émoi qui me traversait ? il faut dire que j'avais l'impression qu'on avait trempé mes boyaux dans de l'eau glacée et que mon visage devait être loin d'impassible.

Dans la lettre que ma mère avait dictée au garde champêtre, elle n'avait sans doute pas parlé de sa rencontre avec mon père, à l'opéra parisien. Elle avait pensé qu'une description physique suffirait à convoquer chez les autres soldats le souvenir d'un homme qu'elle pensait unique en son genre, mais qui ressemblait finalement au premier venu. Ce vieil homme face à moi ne savait donc rien de la signification que l'opéra pouvait avoir pour moi et il ne pouvait avoir prononcé ces quelques mots pour me faire plaisir.

Or, quel combattant napoléonien pouvait prononcer les mots « opéra » et « amour » sans que cela fût mon père ? La question et l'espoir qu'elle contenait me happèrent brutalement, ce qui me permit de réaliser que j'étais entré ici aux trois quart résigné, plus par devoir qu'avec espoir. Mes dernières semaines avaient transformé ma quête en pèlerinage que je faisais à sa mémoire plutôt que pour véritablement trouver sa trace, ce pourquoi j'étais aussi surpris et bouleversé.

Alors, je décidai que le bonheur était trop beau pour être combattu : Je décidai que j'avais trouvé mon père.

Passé le choc de cette révélation intime, je connus deux impulsions : d'abord, je voulus pleurer, ce qui n'avait rien d'absurde quand bien même mon père était mort plus de vingt ans auparavant. Ma seconde impulsion fut de vouloir partir. La solitude s'imposait à moi comme une nécessité pour dépouiller la kyrielle d'émotion qui dévalait les pentes de mon cœur comme une avalanche. J'avais tout particulièrement peur que le regard inquisiteur qui m'observait ne put en lire plus qu'il n'y fallait sur mon visage et qu'il ne s'approprie une découverte que je voulais garder jalousement pour moi seul. Je n'avais l'intention de partager mon père avec personne.

Mais une troisième impression, plus raisonnable et puissante à la fois que ses deux prédécesseurs, m'envahit finalement, et voilà laquelle : en quittant cet abri, je me serais comporté en Perceval, en ce que j'avais retrouvé le graal (l'histoire de mon père), mais tout à la joie de savoir simplement qu'il existait, je le laissais m'échapper. Or, qui me disait que la porte à laquelle je venais de frapper s'ouvrirait à nouveau pour m'accueillir, après le calvaire que j'avais fait vivre à ce pauvre homme ? Définitivement, je me devais de rester.

Ce pourquoi je repris contenance et demandais humblement :

« Racontez-moi l'histoire, s'il vous plaît. Je veux savoir ».

98

Et ainsi commença le récit des dernières minutes de mon père.

L'ours était devant le puits. Mon père reposait au fond, encastré entre plusieurs corps sans vie, gémissant. Le hasard avait voulu que ses poumons ne soient pas broyés par le poids qui l'oppressait mais je ne pense pas qu'il était au meilleur de sa forme. Quelques mètres sous lui, de l'eau sourdait.

Le soldat qui me faisait ce récit était là aussi, bien que moitié plus jeune que la carcasse décharnée qui me racontait les évènements, et il se trouvait caché un peu en contrebas, agenouillé près d'une pile de mourants. Derrière sa barricade de fortune, il observait l'ours avec méfiance. Il l'avait vu éventrer toute un régiment d'anglais lourdement armés (mais ronds comme des barriques) et ce n'était pas lui qui allait sous-estimer la bête. D'autant plus qu'il sentait que celle-ci tramait quelque chose, ce qui ne la rendait que plus dangereuse.

Et à peine s'était-il fait cette réflexion que l'ours de Waterloo se mit en mouvement.

Plus précisément, il plongea dans le puits et les corps volèrent.

L'intelligence animale ne s'encombre pas de méandres, de doutes ou d'interrogations. L'ours avait aperçu l'éclat de l'eau au fond du puits ; un lit de corps disloqués entravait sa quête ; il s'était donc figuré qu'il lui restait à les déloger pour étancher sa soif, quel que fût l'effort nécessaire et n'avait pas pris le temps d'évaluer les conditions de cette décision.

Ce que le vieux soldat décrivit alors me rappela un feu d'artifices : des gerbes de toutes les couleurs voltigeant dans la nuit, du rouge, et du bleu, le vert mêlé au gris, le tout sans ordre bien établi, mais jaillissant en flot ininterrompu vers la nuée avant de retomber mollement sur le sol. L'ours expédiait les cadavres en uniforme du fond du puits vers son sommet pour se libérer un chemin vers l'onde. Et le puits se vidait ainsi sous l'œil médusé de mon conteur qui observait en catimini.

Au rythme de la descente de l'ours de Waterloo, le soldat commença à s'enhardir. Curieux de voir où en était l'animal, il s'approcha à pas de loup du sommet du puits, aussi intrigué (me dit-il avec un détachement qui me fit un peu mal) par les méthodes bestiales que par l'augmentation des cris de mon père. La réorganisation opérée par l'ours dans l'empilement des corps devait augmenter la pression qui l'entravait et je monopolisais mon esprit pour ne pas me représenter sa douleur.

Puis, brusquement, la voix qui montait du puits cessa de gémir et presque simultanément, la déglutition précipitée d'une bête assoiffée monta jusqu'aux oreilles de mon conteur : l'ours avait atteint le fond du puits.

Je le sentais au ton de mon conteur, la prudence qu'il avait manifestée jusqu'ici n'était pas le fruit d'une lâcheté quelconque. Des années passées sur les champs de bataille d'Europe l'avaient simplement guéri d'une témérité dont il avait vu les méfaits sur certains de ses camarades. Chez lui, comme chez beaucoup d'autres, le courage aveugle s'était lentement mué en opportunisme sauvage, ce qui le poussait à ne plus jamais laisser une opportunité.

Savoir que son ennemi (ou l'ours dont on se défie) est occupé à se désaltérer est une aubaine pour qui veut s'en approcher en catimini. En deux enjambées silencieuses, le soldat s'était donc penché par-dessus le parapet pour guetter la bête sanguinaire.

Et bien entendu, il ne vit rien, ou du moins, rien d'autre qu'une obscurité brumeuse aussi épaisse que le charbon. Ses yeux s'étaient peu à peu habitués à la pénombre du champ de bataille, mais elle était sans commune mesure avec le noir de jais qui régnait dans le puits. Dans la plaine, on voyait en effet des points lumineux clignoter comme des lucioles au rythme où l'on acheminait les blessés vers les infirmeries ; des étoiles diffusaient leurs éclats sur Waterloo ; quant à la lune gibbeuse, elle surgissait de temps à autre de sous un nuage épais qui s'échinait à vouloir l'éclipser. Cependant, tous ces reflets n'atteignaient pas le puits, qui s'en trouvait baigné dans des ténèbres impénétrables. Si la vue de l'ours n'avait pas été plus perçante que celle des hommes, il y a fort à parier qu'il n'aurait pas pu voir l'eau qui brillait dans les profondeurs.

Sous le coup de la frustration, le soldat jura dans son souffle, et, comme en écho de ce cri étouffé, la déglutition en contrebas cessa aussitôt.

Effrayé d'avoir attiré l'attention de la bête, le soldat recula vivement la tête pour la mettre hors de portée d'un regard venu des profondeurs, juste assez pour qu'on ne puisse l'apercevoir. Néanmoins, il ne quitta pas sa position après l'avoir si lentement acquise.

La récompense de ce courage se matérialisa par un mouvement dans les ombres : l'ours, qui avait dû relever la tête vers l'air libre, la ramena vers l'onde d'un mouvement sec qui parvint à attirer l'attention du soldat.

J'avais appris de la bouche du médecin de ma famille que le mouvement attire l'œil humain plus facilement que les couleurs. Mon conteur fut le premier à m'en donner la confirmation en m'expliquant que lorsque l'ours baissa le museau, le mouvement lui révéla soudain des contours qu'il ne percevait pas l'instant d'avant. Puis –comme si un sculpteur retirait soudain la soie qui recouvre son œuvre pour l'offrir au regard de son public- ce premier signe permit à l'homme de distinguer les contours du reste de la scène.

« Il avait vidé tout le puits » m'expliqua-t-il sans dissimuler l'ébahissement qui l'avait saisi en 1815 et dont le temps n'avait pas su le guérir. « Il n'avait pas seulement dégagé un chemin jusqu'en bas. Il avait enlevé tout ce qui l'empêchait d'aller boire. Tous les corps. Le puits était vide.»

Ma bouche s'assécha jusqu'à ce que ma langue gagne la consistance d'un pain trop cuit.

« Tous ? » parvins-je miraculeusement à articuler. Je n'osais demander le sort de celui pour lequel j'attendais se récit en retenant ma respiration et le vieux soldat se rejeta avec emphase dans son
102

fauteuil pour m'observer de sous ses sourcils broussailleux. C'était une vision terrifiante alors que mon imagination dessinait la possibilité –affreuse- que le corps de mon père aurait fait partie de la ribambelle de cadavres que l'ours avait projeté au sommet du puits et se serait brisé sur la terre ferme. Mais mon conteur de tira de mon cauchemar en soupirant :

« C'est que j'ai pensé, au début. Je voyais les paros du puits, lisses, débarrassées de tous les corps, et je me suis dit : il les a tous virés. Je voyais sa forme à lui, à moitié enfouie dans l'eau, au moins jusqu'au ventre… et c'était tout. Et puis, soudain, j'ai de nouveau entendu le gémissement. Je l'aime. C'était à peine plus qu'un murmure mais il n'y avait rien d'autre pour m'empêcher de l'entendre. Et là, l'ours s'est tourné et j'ai remarqué qu'il était un peu difforme, parce que sur son dos, y avait quelque chose d'accroché. C'était le type qui gémissait. Je ne sais pas trop comment, il s'était accroché à son pelage et la bête le laissait faire. »

Même si rien ne pouvait pousser mon conteur à mentir, je n'osais en croire mes oreilles. Quelle réaction instinctive amenait l'animal à laisser mon père s'accrocher à elle sans le repousser d'un geste ? Quel miracle l'avait empêché de me priver d'un géniteur ?

A défaut de pouvoir l'expliquer ou de m'en remettre une nouvelle fois au destin, je repensais à une impression de mon enfance, celle qu'une bête est moins cruelle qu'un humain. Ne m'avait-on pas dit que, de lui-même, l'ours ne cherchait pas à tuer l'homme, mais le fuyait précisément parce que l'inverse est vrai ? Or, quand il vit mon père gisant sur le flanc, inoffensif et souffrant, brisé, vaincu, l'ours ne l'avait pas vu comme une menace et l'avait épargné, simplement parce qu'il ne trouvait aucun plaisir à l'occire.

De là à le laisser s'accrocher à lui, il y a cependant un vide que je ne sais combler sans m'en remettre à une foi pour laquelle j'avais retrouvé, depuis le début de l'après-midi, une ferveur nouvelle.

Le soldat au sommet du puis avait donc vu mon père puisque l'ours l'avait sauvé. Mais il avait à peine eu le temps de s'étonner de sa présence sur le dos de l'animal que le mourant perdait sa prise sur le pelage animal et s'affaissait dans l'eau. L'éclaboussure qui s'ensuivit couvrit le cri étouffé de l'espion sur la terre ferme, mais il ne fut d'aucune aide pour mon propre glapissement. Mon conteur n'en tint pas rigueur et continua.

« Il devait y avoir la main du seigneur sur ce gars-là. Non seulement il n'était toujours pas mort, mais il s'effondra droit sur les fesses, comme s'il s'asseyait. Je voyais suffisamment bien à ce moment-là pour voir qu'il s'était évanoui, mais même comme ça, il s'en est sorti. Il est tombé tout net contre la pierre et est resté assis là, la tête à quelque pouces au-dessus de l'eau, sans se noyer.

« Mais il était indescriptible. Il avait des croûtes noires sur tout le visage et sur les vêtements, je pense que c'était du sang. Y a des chances pour que les autres morts aient saigné sur lui quand ils étaient entassés dans le puits, mais il devait y avoir une partie qui venait de lui, parce qu'il était pâle comme la mort ».

Le vieux soldat arrêta sa description en remarquant que ma propre frimousse était livide. Avec un zeste de pudeur, il en revint alors à l'ours et essaya de faire le récit haut en couleur de la manière dont il arracha sa tunique en cet instant, se libérant des frusques qui en avaient fait un soldat anglais. Puis il décrit précisément comment il nettoya ses poils à coups de langue aguerris, en saupoudrant ce tableau de détails comiques dont j'aurais pu être friand en d'autres circonstances.

Mais il fallait en finir, et je levai finalement la fin pour demander qu'on achève.

L'homme hocha simplement la tête et poursuivit.

La bête se tourna finalement vers le corps de mon père qui gisait contre le bord du puits, et du bout de sa truffe, il en effleura le visage.

« C'était bizarre » dit mon conteur. « C'était animal, mais pas méchant. Comme quand un chien renifle les petits. Il va fourrer son museau dans la portée, sans prendre de gants, vous voyez, mais on dirait quand même qu'il est tout doux. »

Même mon conteur semblait ému et je méditais sur la pitié que les animaux peuvent avoir pour ceux qui souffrent. Mon père avait été malmené sur le champ de bataille, mais la rudesse était son lot depuis plusieurs semaines déjà : il y avait longtemps qu'on ne l'avait pas touché avec douceur. J'eus un sourire en pensant qu'au milieu des brumes qui envahissaient son esprit, il avait senti cette tendresse et qu'il avait pensé que c'était ma mère qui avançait vers lui.

Il ouvrit les yeux.

Il vit l'ours.

Il étira lentement les lèvres et déglutit avant de prononcer cette phrase salvatrice.

« Je retourne à l'opéra ».

Il mourut d'un coup de griffe en travers de la gorge car l'ours de Waterloo avait eu pitié de lui et lui avait offert le repos que méritait celui qui a trop longtemps souffert.

Mon conteur avait prononcé ces mots avec une extrême douceur, de cette voix qu'on peut prendre au chevet des mourants lorsque l'on craint qu'une voix trop sûre les malmène et les pétrifie. Mais je ne ressentais aucune violence dans le récit qui se terminait, plutôt une sérénité intense à l'idée de cette fin qui me semblait sublime.

Par pudeur, mon conteur termina quand même son récit, sans se préoccuper que mes yeux ne le regardent plus : j'étais ailleurs, au fond du puits, et en prolongeant son aventure, il me laissait l'opportunité d'y rester quelques moments encore.

Une part de moi écouta quand même, car je me souviens encore qu'après la mort de mon père, une stridulation inhumaine vrilla les tympans du soldat qui observait la scène : l'ours enfonçait ses griffes dans les brisques qui formait la paroi du puits, pour remonter à la surface et le choc de l'ongle et de la pierre émettait un crissement insupportable qui fit battre en retraite le soldat précipitamment. Il eut à peine le temps de retrouver le couvert que la masse velue de l'ours rejoignait la terre ferme et s'étirait. Puis, sans un regard en regard en arrière pour ce qui venait de se passer, l'ours s'en alla disparaître au loin.

Epilogue

Comment je quittai la maison où j'appris cette histoire, cela n'a aucune importance, pas plus que les quelques visites qui suivirent, dans d'autres loges insalubres parisiennes et qui me permirent de reconstituer les bribes manquantes de mon récit. Les hasards par lesquels j'appris le destin de la compagnie anglaise qui captura l'ours de Waterloo sont aussi drôles qu'anecdotiques.

Dans ma mémoire, seule compte une chose : sur le champ de bataille de Waterloo, mon père mourut au matin du 19 juin 1815. Au cours de la bataille, ses jambes avaient peut-être été broyées, mais c'est un ours, qui, à minuit, lui porta le coup de grâce. Je n'étais pas encore né que j'étais déjà orphelin, mais je n'étais pas abandonné.

Ma mère mourut à son tour, peu après la fin de ma quête, sans que je lui aie raconté ce que je couche ici sur le papier, parce que je ne pus me résoudre à lui en faire part. Elle avait déjà fait la paix avec mon père, et je ne voulus pas que la vérité vienne changer quelque chose au tableau familier qu'était le souvenir de leur amour. Chaque fois qu'elle posait les yeux sur moi, il ressurgissait et me semblait suffisamment beau pour ne pas avoir besoin qu'on y ajoute une autre touche de couleur.

Peut-être aussi que je ne voulais pas qu'elle chamboulât mes certitudes. J'avais appris -peu après ma visite au vieux soldat- qu'on avait donné à Paris, l'année où mes parents se rencontrèrent, un opéra pour lequel un ours vivant avait été a mené sur la scène. C'est ma mère elle-même qui me l'avait confié, et je ne voulais pas qu'elle objecte à mon bonheur en agitant l'hypothèse que c'était à l'ours sur scène que mon père faisait allusion au moment de mourir. Ce pourquoi je la maintins jusqu'au bout dans l'ignorance. Et j'eus raison : elle mourut le sourire aux lèvres.

De mon côté, j'ai désormais un père. Décédé, peut-être. Mais la vérité émotionnelle de sa présence dans mon cœur est plus forte que la véritable histoire d'un homme ou d'une nation. Mon père trépassa à Waterloo, et je trace les dernières lignes de son histoire dans le brouillard, car je le pleure pour la première fois.

Paris, 2013

La boulangère

Les lèvr' d'la femme du boulanger

C'est com' la chair des pamplemousses,

Bien ros', dodues et craquelées,

Ça vous éclaire sa p'tite frimousse,

C'est à croquer.

La boulangèr', elle a l'œil trist'

Comme un lapin qu'a plus d'terrier,

Ou l'chien qui dort sous le pianiste

Et qu'aimerait bien qu'il cess' de jouer,

C'est sinist'

Tous les matins, j'la dévisage,

Et pis j'espèr' qu'elle va m'fixer

Mais elle s'la joue « fillet' bien sage »

Elle garde tout l'temps la têt' baissée

Moi j'enrage !

Si elle jetait le r'gard vers moi,

J'roulerais des yeux, j'gonfl'rais les joues,

Pour qu'elle rigole au moins une fois,

J'lui f'rais ma tête de caribou,

J'la dérid'rais, quoi !

– II –

Mais un matin, j'lai vue pétrir,

Des pâtiss'ries, des viennois'ries…

Ent' ses deux mains, la pâte soupire,

Frémit, gémit, s'agit', bondit,

Sur ses lèvres : un sourire.

Comment j'lai vue ? J'me suis glissé

Près d'la fenêtr' au fond d'la cour,

J'ai dû m'dresser s'la pointe des pieds,

Pour la voir bosser près du four,

A travers la vit' fermée.

Ce qu'elle est bel' (que j'me suis dit

En équilibr' sur mes orteils)

L'malax' la pât' près du fournil

Comme un tailleur sculpte une merveille,

Ça m'émoustille.

J'avais rien vu d'plus sensuel

Que sa main plein' de farin' blanche,

Prend' sauvagement la miche nouvelle,

La déformer ent' ses phalanges…
Le septième ciel !

L'a dû s'passer une heure comme ça,
Elle boulangère et moi espion,
Mais ça valait l'coup, au moins cent fois,
D's'faire engueuler par l'patron
(Troisième retard du mois).

– III –

Les nuits suivant' j'en dormais plus,
J'me retournais, sur l'ventr', sur l'dos,
Je repensais à c'que j'ai vu,
A la déesse et son fourneau :
J'étais ému.

Faites attention, j'ai dit « déesse »
Allez pas croire que j'l'aime ou quoi.
J'voudrais pas d'el' com' ma maîtresse,
C'qui m'plaît surtout, c'est ses dix doigts
Et pas ses fesses.

On m'avait dit, étant gamin
Qu'il y a des Dieux pour presque tout,
La guerre c'est Mars, Bacchus le vin,

Mais les p'tits pains, c'était plus flou
Pour les romains.

Quand on est Dieu, y a rien à faire :
On n'est heureux qu'à son boulot !
En pleine tempête pour Jupiter
Et pour Neptune, au milieu d'l'eau
Pas sur l'débarcadère !

Or, quand j'y pense, ma boulangèr'
Elle n'est contente qu'les mains dans l'pain.
Elle tire une tronch' jusque par terre,
Quand elle parle au menu fretin,
Les clients l'exaspèrent.

J'avais trouvé l'secret d'cette femme :
« c'est une déesse, fin de l'histoire »
Mais ça rendait pas moins infâme
D'la voir boudeuse derrière l'comptoir :
C'était un drame !

– IV –

Un beau matin, j'suis v'nu plus tôt,
Pour lui parler parler en tête à tête,
Avant qu'les gens part' au bureau

112

Et fass' la queue pour leur lunette
Aux abricots.

Dans la boutique : une silhouette !
C'était pas el', mais l'boulanger,
Qui alignait tout' ses baguettes,
Sur l'étagère qui est de biais,
C'est bête !

J'ronchonne un peu d'm'êtr' levé tôt,
Pour pas être servi par la Dame,
Mais j'chang' d'avis presqu'aussitôt :
J'vais lui parler des dons d'sa femme
À ce corniaud !

« J'suis pas venu pour prend' du pain »
Que j'dis d'un air patibulaire.
J'resprire un coup, j'regard' mes mains.
« Je veux parler d'la boulangère ».
L'était six heures du matin.

J'confess' le tout en un rien d'temps
(Y a pas un chat pour me couper)
« Je sais qu'vot' femme aime pas les gens,
Y a qu'une bonne pât' qu'la fasse rêver »

Que j'dis finalement.

Le boulanger s'met à flipper
Sa tête se tord comme un ballon.
J'attend qu'y dise que j'suis fêlé,
Que ma « déesse », c'est d'l'illusion.
Mais il s'met à s'marrer.

« Vous avez vu ma femme heureuse
Les mains noyées dans la farine,
Et vous la croiriez amoureuse,
Des viennois'ries, cett' fleur « divine » ?
Idée flatteuse…

C'est vrai qu'elle met beaucoup d'entrain
Quand elle s'active près du fourneau
Mais c'est qu'elle pens', j'en suis certain,
À des méfaits bien immoraux
En pétrissant le pain.

Dans cet esprit très libertin,
La pât' doit être un postérieur,
Qu'langoureusement caress' ses mains
Et qu'elle saisit avec douceur !
La catin !

La preuv' : elle n'sourit pas souvent,

Mais il faudra la voir frémir,

Quand tout à l'heur', l'type élégant,

Lui demand'ra de lui servir

Un beau croissant.

Lit séparés depuis six mois

C'est le sort qui m'est imposé…

Il est étrang' qu'à cett' dat'là

Le grand dadais soit arrivé

Près d'chez moi. »

.

– V –

À l'instant même où il s'est tu,

– Synchronisés comme dans un clip –

Deux silhouett' sont apparues :

La boulangère et l'autre pauv' type

(Un bellâtr' barbu).

Le boulanger il disait vrai,

Les lèvr' couleur de pamplemousse

De son épouse, elles souriaient,

Comme cell' d'un chien, d'vant un couscous

J'étais bluffé.

Mais le plus trist' d'cette sal'histoire,
C'étaient les mains de l'ex « déessse »
Qui s'contractaient sans le vouloir,
Pendant qu'ses yeux mataient les fesses
D'l'éphèbe vêtu d'noir.

J'suis reparti, un peu penaud,
J'me sentais même vraiment trahi !
Ma bel' histoir' tombait à l'eau
Et s'résumait à des couch'ries.
C'était pas beau…

– VI –

Depuis c'jour-là, j'fais mon prop' pain,
Du matériel, j'en ai ach'té
Et si j'suis pas l'dieu du levain,
C't'histoir' m'a rendu boulanger.

Paris, 2013

Les timbres voyageurs

En allant se coucher le soleil s'était pris les pieds dans les nuages. Le matelas cotonneux avait capturé des éclairs rouges, oranges et azur et leur mariage embrasait l'horizon : les gens et les choses étaient baignées de teintes surprenantes, qui évoquaient à Ethan la couleur de ses rêves. L'impression n'était pas désagréable, ce pourquoi il avait gravi la plus haute pile de détritus de la décharge (celle qu'on appelait la Colline) pour rêvasser tranquillement. L'atmosphère étrange de ce début de soirée le poussait à entendre, regarder, s'étonner de ce qui se passait devant lui.

Mais Ethan n'avait pas escaladé la Colline seulement pour admirer le jeu des couleurs en contrebas : il guettait. A la manière des apaches, ceux des bandes dessinées, l'enfant avait choisi de surplomber la scène pour mieux la surveiller. D'un seul mouvement d'œil, de gauche à droite, il balayait l'entrée de la Décharge, les Incinérateurs, les Grands Hangars, et le Centre de Triage qui marquait le début des Montagnes Nauséabondes. En plissant les paupières, il pouvait même reconnaître certains visages parmi les ouvriers qui s'affairaient dans les allées salies. Parfois, il souriait : il contrôlait son monde.

Au bout d'un moment, il se redressa : il avait repéré deux points à l'horizon qui grossissaient rapidement, et les suivit des yeux. Ils avançaient en direction de la Décharge, malgré les cahots de la route leurs silhouettes monumentales se dessinaient avec de plus en plus de précision et malgré la rougeur que le crépuscule prêtait momentanément à leur carlingue, on reconnaissait d'énormes camions-bennes garnies de leur récolte du jour.

Les mastodontes n'avaient pas encore atteint l'entrée de la Décharge qu'Ethan dévalait déjà les flancs de la Colline. Il voulait être le premier sur place lorsque les conteneurs de déchets se soulèveraient et déverseraient leur contenu. Parfois, des chapardeurs venus de l'extérieur parvenaient à se faufiler dans l'enceinte de la décharge, et venaient voler des objets que la ville avait rejetés comme Ethan. Contrairement au fils du directeur de la Décharge, ils n'avaient pas le droit d'être là, mais ils en riaient lorsqu'il le leur expliquait. C'est pourquoi il devait les prendre de vitesse, arriver le premier sur le lieu de déchargement pour éviter qu'ils ne lui volent ses trésors.

Il y avait de tout, au milieu de ce capharnaüm si bien qu'Ethan avait commencé de nombreuses collections. Il avait eu des périodes vouées aux jouets Playmobil, d'autres consacrées aux outils de bricolage ou aux aimants des réfrigérateurs. L'arrivage qui se profilait donnerait du grain à moudre à l'une de ses collections préférées du moment : celle des timbres. Les camions revenaient de la zone de la ville où il y avait la Grande Poste, ses enveloppes et les petites merveilles accrochées dans leurs coins.

Quand Ethan déboucha de la rangée F pour pénétrer dans l'emplacement prévu au déchargement, le sol tremblait sous ses chaussures poussiéreuses.

Grevé de plusieurs tonnes de pelures d'oranges et d'oignon, il fallait bien que les camions soient des colosses pour continuer d'avancer.

Ils surgirent de derrière une pile couleur anthracite dans un bourdonnement terrible, et Ethan n'eut que le temps d'observer le gris qui virait au noir sur le côté des conteneurs, dans la pénombre de la fin du jour avant qu'ils ne se dressent et ne vomissent leur chargement à ses pieds. Le fracas était assourdissant, efficace, fruit du désir des routiers d'en finir au plus vite pour rentrer chez eux et renouer avec une vie plus silencieuse. Cette précipitation réjouissait d'ailleurs Ethan : c'était encore du temps de gagné sur les chapardeurs.

Il se mit en ordre de bataille ; ses yeux zigzagant d'un point à un autre pour reconnaître des formes rectangulaires ou la texture inimitable des enveloppes ; ses mains grattant et retournant derrière les gants qu'il avait chaussés (il avait cessé depuis longtemps de sous-estimer les boîtes de thon éventrées).

La première enveloppe avait été déchirée de part en part et le timbre était conventionnel ; le tout fut directement renvoyé sur la pile qu'Ethan disséquait, ainsi que les onze enveloppes suivantes, repoussées sans ménagement. Puis, il trouva la treizième.

En voyant l'adresse de l'expéditeur, Ethan eut l'impression qu'un glaçon lui dévalait la nuque. NOUVELLE CALEDONIE avait été tracé d'une écriture soignée et un peu ronde, et si les connaissances d'Ethan ne lui permettaient pas de situer ce pays mystérieux, c'était bien le signe qu'il n'en avait encore aucun timbre. Il retourna l'enveloppe d'un coup sec et trésor fut révélé : ni volumineux, ni beau, c'était le buste d'un homme ventripotent sur fond vert olive. Mais il bénéficiait de l'éclat de la nouveauté, de l'étrangeté, cet aura d'exotisme propre au voyageur inconnu qui s'installe, seul, au fond d'un bar peuplé d'habitués.

Quelques minutes seulement après la découverte, Ethan avait regagné ses pénates, et avait voué sa trouvaille au destin cruel de ses prédécesseurs : noyade dans une bassine d'eau chaude jusqu'à décoller le bijou philatélique, extraction brutale du bain pour un séchage sous le feu cru d'une ampoule, écrasement entre deux buvards, eux même placés entre deux dictionnaires, pour l'aplatir. Entre chacune des étapes de ce traitement visant à rendre le timbre présentable, Ethan retournait courir entre les allées de la décharge : il était trop impatient de sa prochaine découverte pour attendre la fin de l'opération.

Finalement, le petit carré néo-calédonien fut sec : direction l'album, avec le reste de la collection. Ethan choisit pour son nouveau locataire de l'hémisphère sud une page assez dépeuplée, où il l'enfourna prestement. Puis, après une petite minute de contemplation intense, il claqua la couverture et la reposa sur son bureau. Quelques secondes plus tard, il était reparti. L'aventure était trop excitante !

Ethan mettrait des années avant de s'étonner de ce qu'il n'ait jamais entièrement rempli les dix feuillets de son classeur. Il était trop occupé à s'émerveiller de ses nouvelles trouvailles pour remarquer que des rangées se clairsemaient d'elles-mêmes, au fil des semaines, particulièrement celles où les timbres étaient habituellement si serrés que leurs crénelages s'emmêlaient. Il ne se demanderait pas non plus pourquoi certains emplacements étaient résolument libres alors qu'il les avait comblés quelques jours auparavant. Pour cela, il aurait fallu qu'il s'intéresse à autre chose qu'au frisson de la découverte. Et même s'il avait remarqué quelque chose, il aurait sans doute soupçonné les chapardeurs de se glisser dans sa chambre pour lui ravir les clous de sa collection. Il ne lui serait jamais venu à l'idée que c'étaient les timbres eux-mêmes qui prenaient la fuite de ses albums.

Et pourtant.

Pendant qu'Ethan retournait à la pêche aux trésors, et que la pendule rafistolée (fruit d'une autre descente au milieu de la décharge) égrenait ses secondes ennuyeuses, on put entendre des bruissements dans sa chambre. La couverture du classeur qu'Ethan venait de reposer s'entrouvrit légèrement et de cet interstice minuscule, surgirent des silhouettes rectangulaires. Ethan se serait émerveillé de la démarche de ses timbres, si peu comparable à celle des humains : ils posaient d'abord l'un des quatre coins qui cernaient leur corps sur la table, puis ils l'utilisaient comme un pivot atour duquel leur masse tournait, projetant ainsi le rectangle vers l'avant… jusqu'à ce qu'un autre des quatre coins se plante sur la table et que le mécanisme reprenne.

Chez l'homme, ce sont les muscles et les tendons qui permettaient aux membres de se soulever et d'avancer. Pour les timbres, c'étaient leurs fibres constitutives, l'infime quadrillage de fils que l'on appelait « papier ». Qui a déjà tiré sur l'un des fils dépassant d'un pantalon se rappelle qu'une bonne étendue de tissu peut se tordre sous l'effet d'une petite traction.

Ce jour-là, les timbres se réunirent autour du néo-calédonien et ils lui expliquèrent ce qu'une longue vie d'expérience commune leur avait permis de comprendre : que le coup de tampon du postier leur donnait leur âme, que le premier voyage de leur vie était souvent le seul, et que lorsque celui-ci était terminé, c'étaient l'incinérateur ou les collections qui étaient leur lot.

Mais ici, ce n'était pas pareil. Les timbres qui le voulaient pouvaient couler des jours heureux, lové entre les pages de l'album. Ou alors... Repartir à l'aventure ! Les artistes du groupe, ceux qui avaient coordonnaient leurs mouvements jusqu'à savoir manier stylos et pinceaux, pouvaient repeindre le torse de leurs congénères, pour l'heure barré d'une écharpe d'encre noire semblable à celle que portent les magistrats. Il y avait dans les tiroirs d'Ethan tout le matériel nécessaire pour leur donner une deuxième jeunesse et effacer l'impression qu'on les avait déjà utilisés : les humains, en tous cas, se laissaient aisément tromper (ce matériel, Ethan l'avait trouvé dans une cargaison en provenance des quartiers chics de la ville, où l'on pouvait se permettre de jeter du matériel de peinte sans l'avoir usé jusqu'à la corde). Remis à neuf, les timbres seraient recollés sur des enveloppes, que l'on glisserait au milieu du tas de courrier que le père d'Ethan, amenait à la poste. C'étaient les timbres les plus anciens, ceux qui traînaient déjà dans ces pages à l'époque où Ethan apprenait à écrire qui transmettaient l'art de la calligraphie aux nouveaux arrivants. On choisissait l'adresse d'envoi et le tour était joué !

Ainsi, ces timbres voués à ne faire qu'un voyage dans leur vie, à ressasser leurs souvenirs jusqu'à ce qu'un incinérateur ou l'ennui ne les rappelle, ceux-là repartaient en voyage. Souvent, on en collait plusieurs sur une enveloppe destinée aux lieux les plus propres à l'imagination (le Machu Pichu, où des incas aux visages pâles les porteraient dans des corbeilles tressées d'osier, où au propriétaire de l'Empire State Building qui décachetterait l'enveloppe depuis son penthouse surplombant la Grande Pomme).

Quant aux autres, ceux qui ne voulaient plus repartir, ils se rassemblaient quand Ethan dormait, et se racontaient leurs souvenirs de voyage, sous la houlette du plus ancien d'entre eux, un Jules César à trente centimes qui avait déjà fait cinq voyages et avait déployé des trésors d'ingéniosité pour revenir à chaque fois (le récit des subterfuges nécessaires à ses retours revenait souvent dans leurs réunions). Parce qu'il savait qu'il ne repartirait plus, il avait gratté les couches successives de peinture et son torse lézardé d'encre lui conférait l'aura d'un aventurier dont il jouait lors de ces veillées du souvenir.

Tel était le bestiaire qui peuplait le classeur d'Ethan, et telles les raisons pour lesquels il désemplissait souvent. Et on peut rêver à ce que, quelques semaines après avoir disparu du classeur où Ethan venait juste de le ranger, le timbre néo-calédonien, reparti au dos d'une lettre adressée vers des horizons fantastiques, ajouta sa voix à celles qui célébraient cet enfant qui rendait, malgré lui, les timbres à la liberté et leur offrait la chance d'un second voyage.

Paris, 2013

Train de banlieue

À cause d'Eva, le train pour Paris allait partir sous leur nez.

Enfin, à cause d'Eva... c'était aussi la faute de sa mère : si Marie avait été prévoyante et avait sorti les billets avant que le bus-accordéon ne les crache sur le trottoir, les choses auraient pu être différentes. Au lieu de quoi Marie avait dû fouiller au milieu des clés, papiers, chéquier jetés pêle-mêle dans son sac tandis qu'elle bondissait dehors et que la pluie s'engouffrait dans sa chemise ; en trouvant les billets en même temps que son parapluie, elle les avait machinalement tendus à Eva pour mieux déployer le pépin -même si elles étaient déjà trempées et que cent mètres sous la tempête ne changeraient plus grand-chose.

C'est sur le quai qu'elle avait compris son erreur, lorsqu'elle avait exigé la restitution des tickets ; le panneau indiquait un départ dans quatre minutes – il fallait se dépêcher – mais, les doigts raidis sur les deux rectangles de carton, sa fille l'avait fusillée du regard.

« Tu me les as donnés. C'est à moi ! » avait-elle prévenu sa mère un instant plus tôt.

Une grande lassitude envahit Marie en même temps que résonnait, dans un coin de sa tête, cette surprenante devise de son mari : tant va la cruche à l'eau qu'à la fin, elle s'emplit. Ce qu'il entendait par là, c'était qu'à force de se répéter, ce genre de situations pousserait Marie à apprendre sa leçon : elle avait confié les tickets à Eva en lui disant de les garder, et l'enfant en avait conclu qu'ils étaient un cadeau, parce qu'en dix années de trajets jusqu'à la clinique Saint-Amaury, elle n'avait toujours pas compris ce qu'étaient un ticket, un train, une gare. Si Marie essayait maintenant de les lui reprendre, Eva penserait qu'on la spoliait, ce dont il faudrait la consoler pendant tout le voyage (soit quarante-cinq minutes de pleurs et de regards outrés des autres voyageurs et ce, même si Marie rendait les tickets à Eva après les avoir oblitérés).

Sur le tableau d'affichage, l'annonce passa de quatre à trois minutes, confirmant la défaite de la jeune femme : si elle se précipitait sur le distributeur, la locomotive filerait quand même avant que l'antiquité ne crache de nouveaux billets – et elle ne voulait vraiment pas affronter le voyage avec une Eva chamboulée à côté d'elle.

Il fallait espérer que le prochain train ne serait pas annulé en dernière minute (ce qui arrivait fréquemment) parce que Marie prenait son service au supermarché à onze heures : entre les trajets d'aller, de retour et la consultation des médecins, elle parviendrait à peine à pointer dans les temps. Sinon, il faudrait avertir le Requin, son supérieur du rayon Poissonnerie, un homme mesquin aux airs de garde-chiourme ; il faudrait implorer sa clémence, parler une énième fois de la pathologie de sa fille : même ainsi, elle écoperait d'un sermon.

Marie coula un regard résigné vers Eva, qui l'ignora : dès l'instant où sa mère avait cessé de lui parler, elle avait sauté à pieds joints dans son Royaume Intérieur, Royaume fabuleux où des tickets de train, agités à bout de bras, avaient l'envergure d'un pélican, où chaque élément de décor trouvait une nouvelle place, choisie avec beaucoup d'extravagance ; un Royaume où Marie était persona non grata. Eva ne l'y faisait pénétrer qu'avec parcimonie – et rarement plus d'un instant – lorsque le plaisir de ses visions devenait presque douloureux : dans ce cas, elle aimait en parler pour s'en libérer. Mais la plupart du temps, elle gardait secrets ses fantasmes, ce dont Marie ne se formalisait pas : le plus important était qu'Eva parût heureuse.

Indifférente aux retardataires qui la dépassaient, Marie se dirigea vers l'automate à billets en prenant sa fille par la main. Mais au bout d'une dizaine de pas, celle-ci s'arrêta si brusquement que Marie manqua de perdre l'équilibre.

« Qu'est-ce qui t'arrive, ma puce ? » demanda-t-elle en voyant sa fille pétrifiée.

En guise de réponse, Eva montra le distributeur et une silhouette de femme qui y était adossée, femme aussi corpulente que déguenillée, dont les triples mentons se soulevaient au rythme de ses ronflements ; d'après les relents d'alcool qu'elle dégageait et de la bouteille vide qui avait roulé contre sa cheville, elle n'était pas seulement dans les bras de Morphée. Elle était ivre morte. A huit heures du matin.

« Tu vas la réveiller ? » demanda anxieusement Eva.

« Non ma chérie, la rassura-t-elle. Je vais à la machine, je ne vais pas embêter la dame. »

Eva ne donnait pas signe de l'avoir entendue ; elle gardait ses yeux rivés sur l'ivrogne et haletait. Habituée des angoisses fulgurantes de sa fille, Marie avança une main pour la calmer, lorsqu'Eva balbutia :

« C'est… c'est l'impératrice Théodora… T'as vu, elle est grande… t'as vu ses colliers ? »

Eva agita la main pour appuyer son affirmation, l'index pointé vers des perles en toc qui scintillaient entre les seins énormes – presque des mamelles – de l'imposante dormeuse, pour forcer Marie à comprendre : un collier de perle devait être le signe, dans le Royaume, pour reconnaître l'impératrice… Théodora ? Le nom n'était pas inconnu, mais Marie ne savait pas pourquoi. Eva résolut son mystère :

« Papa disait… elle danse avec les ours. C'est une… géante. Elle peut me manger. »

À la mention de son époux, la mémoire de Marie se mit en marche et une vision, chipée un soir où il bordait leur fille. En bon professeur de latin, Léo glissait des légendes antiques au milieu de ses histoires de chevet, maintenant Eva attentive par des récits mêlant angoisse et aventure : une fois sous la couverture, Eva adorait qu'on la terrorise. Or Marie croyait entendre le nom de Théodora au milieu d'une histoire particulièrement glaçante – Eva ne venait-elle pas de parler d'un ours ? – si bien qu'elle savait tourner ce quiproquo à son avantage.

« Tu as raison, ma puce, c'est Théodora… Il faut s'enfuir, parce que si on part très vite, l'impératrice ne nous mangera pas. Tu me donnes les billets de train, on saute dans le wagon et on s'en va ? »

Le regard implorant d'Eva se tourna vers elle, et l'espace d'un instant, Marie espéra qu'il se voile d'espièglerie, que sa fille se moque de son stratagème grossier. L'instant passa cependant, la fillette acquiesça, les billets changèrent de main, Eva étant prête à sacrifier le précieux sésame pour s'éloigner de l'apparition qui pouvait la manger.

De son côté, sa mère ne prit pas le temps de triompher car l'affichage annonçait un départ imminent. Sans égard pour les récriminations de son dos, elle enveloppa Eva de ses bras, comme à l'époque de ses cinq ans, et se rua à toutes jambes sur l'oblitérateur. Deux tintements secs plus tard, elle trimbalait sa fille à toute vitesse vers les portes du train et s'y engouffrait à l'instant où les sirènes annonçaient la fermeture des portes. In extremis.

En regardant le quai s'éloigner de l'autre côté de la vitre, Marie adressa un signe de tête reconnaissant à Théodora qui continuait de sommeiller, la joue contre le métal du distributeur. La mère de famille en avait déjà remercié ou maudit d'autres, et de plus étranges, pour leur intervention dans la vie de sa fille – chiens errants, extincteurs ou réverbères que son imagination transformait à sa guise et qui faisaient prendre à leur journée des tours imprévisibles.

Dans son dos, Marie sentit les mains de sa fille qui la serraient tendrement, et elle sourit. Ce n'était qu'un matin comme les autres.

Paris, 2013

Au chant du coucou

Sa vie durant, Victor Lahaie s'était levé à six heures trente.

À cette heure-là, son réveil tintinnabulait et Victor se redressait comme un ressort, dépliait le bras gauche et faisait taire le trouble-fête d'une baffe bien sentie. Ensuite Victor jaillissait des draps et, qu'il pleuve ou qu'il vente, mettait en route le programme de sa journée : quinze minutes de toilette suivies de quinze minutes de petit déjeuner afin qu'à sept heures, il puisse se mettre au travail. Immanquablement. Et pour cause : Victor Lahaie était horloger, spécialiste des coucous de Forêt Noire et il jugeait que l'absence de ponctualité dans sa profession équivalait au manque de goût d'un cuisinier, ce pourquoi il mettait un point d'honneur à respecter des horaires aussi précis que les rouages qu'il assemblait.

Jusqu'au matin du 16 août.

Ce jour-là Victor avait à peine éteint son réveil qu'il fut envahi par l'impression déroutante qu'une poussière s'était glissée dans l'engrenage. C'était plus qu'un pressentiment d'ailleurs, plutôt une certitude inébranlable qu'il éprouvait physiquement : il se réveillait à l'instant avec un pyjama trempé de sueur glacée et un malaise sourd dans la poitrine, comme si l'infarctus le guettait.

D'un geste précis, il plaça aussitôt ses doigts contre sa poitrine et se mit à compter les chocs du myocarde contre sa cage thoracique. Coutumier d'une telle inspection, il constata avec soulagement que le rythme était d'une régularité parfaite, même s'il était légèrement plus rapide qu'à l'accoutumée (Victor possédait une connaissance assez étendue de la valeur des rythmes pour connaître la période de son propre pouls). Quoique…

Les sourcils broussailleux de Victor s'incurvèrent tandis qu'il continuait d'écouter le trot léger dans sa poitrine : en se concentrant, il avait effectivement l'impression que son cœur battait au rythme normal mais dès qu'il relâchait son attention, l'ombre de la tachycardie surgissait à nouveau. Cette alternance d'avis contradictoires n'avait aucun sens, ce qui eut pour effet de l'inquiéter un peu plus sérieusement.

Machinalement, les yeux de Victor se mirent en quête d'un élément familier pour apaiser l'angoisse qui montait en lui et trouvèrent les trois coucous accrochés à côté de la fenêtre, trois formes en ébène parfaitement identiques et d'une facture très épurée. D'habitude, Victor se sentait apaisé par la danse de leurs balanciers parfaitement synchronisée, sur laquelle il pouvait caler sa respiration. Mais hélas, ce matin-là et contre toute attente, cette contemplation l'angoissa plus encore, du moins jusqu'à ce que la vérité le frappe de plein fouet : ce qui lui avait provoqué sa gêne au réveil, ce n'était pas la vitesse de son cœur, mais la vitesse de son cœur relativement aux tic tacs de ces trois coucous là ! Son oreille était si familière du rythme normal des coucous qu'il savait que son cœur aurait dû battre moins vite qu'eux. Or ce n'était pas le cas, ce matin : de ce décalage naissait l'angoisse qui lui avait comprimé la poitrine.

En somme (si cette idée n'avait pas paru aussi absurde) Victor aurait dit que le temps avait ralenti.

Le temps, il le connaissait bien, c'était son premier fournisseur, celui avec qui il passait le plus clair de son temps. À force de le côtoyer, il pensait pouvoir marquer la durée conventionnelle d'une seconde au milieu d'une tempête. Or, à cet instant précis, les coucous sur son mur ne marquaient pas le rythme qu'il entendait sous sa caboche et allaient beaucoup trop lentement. Restait à déterminer si c'était l'homme ou le temps qui se trompait. Ce fut l'instant que Victor choisit pour noter l'heure qu'indiquaient les trois coucous : six heures dix-sept.

Les yeux de Victor fondirent aussitôt sur le réveille-matin : il indiquait désormais six heures trente-cinq. Retour aux coucous : six heures dix-sept. Quelques va-et-vient confirmèrent les deux horaires. Après quoi Victor colla sans cérémonie le réveil à son oreille pour discerner la percussion assourdie qui marquait les secondes. Son cœur bondit en reconnaissant la pulsation qu'il avait en tête : ces secondes-là avaient le bon rythme, il n'était pas fou !

Il en était là de ses réflexion lorsqu'une voix ensommeillée sortit de sous les draps :

« Qu'est ce qui t'arrive, mon chéri ? » marmonna son épouse. Convertie aux habitudes de Victor, elle s'étonnait de ne pas l'entendre rejoindre la cuisine. Son mari ouvrit la bouche pour répondre que les coucous s'étaient déréglés, mais il la referma aussitôt. Cette réponse n'aurait eu aucun sens, car les trois horloges d'ébène, les trois merveilles sur le mur d'en face ne s'étaient pas déréglées une seule fois en l'espace de plusieurs années : il n'y avait aucune raison pour que l'une d'elle se décale brutalement d'un quart d'heure !

Il se décida donc pour une réponse laconique.

« Il faut que j'aille à l'atelier » grogna-t-il en enfilant ses chaussons, et avant que sa femme ait pu s'étonner de quoi que ce soit, il avait disparu dans l'antichambre.

Son amour pour les mécanismes avait fini par convaincre sa femme de le laisser construire un atelier d'horlogerie dans leur maison. De guerre lasse, elle avait abandonné ses rêves de penderies aux dimensions dantesques pour céder une grande pièce aux outils, bois et métaux dont son mari tirait ses plus belles montres. C'était là que Victor comptait se rendre pour tirer au clair le mystère des trois coucous : il y entreposait les outils nécessaires pour démonter les coupables. Il s'était déjà plongé dans une énumération méthodique des causes de dysfonctionnement possibles lorsqu'il entra dans l'atelier et sa réflexion l'occupait si bien que son cœur manqua d'exploser sous le coup de la surprise.

Imaginez : dix mille insectes décidés à courir un marathon dans votre salon ; leurs pattes qui crépitent sur le parquet ; un cliquettement constant et tonitruant, brouhaha informe au milieu duquel des motifs sonores jaillissent pour mieux re-disparaître, avalés par

134

d'autres tic-tacs plus réguliers ou plus lents, plus forts ou plus terrifiants. C'est à peu près ce qui accueillit Victor lorsqu'il ouvrit la porte.

La cause du raffut, c'étaient des coucous, du sol au plafond, sans ordre ni hiérarchie, sans alignement ni correspondance de style ou de couleurs, qu'il entreposait là quand il fallait qu'il en fasse les finitions : il devait y en avoir plusieurs dizaines. Or les aiguilles de ces horloges avaient perdu toute synchronisation et marquaient le passage du temps selon leurs convenances ; en observant les battements des balanciers, il était clair qu'une seconde n'avait plus la même valeur d'une pendule à sa voisine.

L'espace d'un temps qu'il ne savait plus mesurer, Victor demeura immobile face au mur chaotique, incapable même de formuler une seule pensée cohérente. Puis, il en arriva à la seule conclusion possible : le temps n'a plus la même valeur partout.

L'absurdité de cette idée ramena Victor à la réalité. Il regarda les horloges. Nota les heures étranges à droite puis à gauche. Détermina les périodes de l'un puis de l'autre des coucous qui pendaient au mur et essaya de comprendre ce qui les poussait à courir à des vitesses incompréhensibles, toutes plus lentes que ce qu'il aurait fallu et aucune suivant la même loi. Puis il remarqua un coin de mur qui semblait épargné par cette folie. Un coin de mur où cinq voisines agitaient leur balancier suivant le même rythme millénaire. C'étaient cinq coucous bruns de taille assez diverses et dont la facture ne rappelait rien à l'horloger au point qu'il se demandait s'il les avait fabriqués lui-même. Alors un souvenir louvoya jusqu'à la surface de sa conscience et le fit frissonner. Une leçon de physique vieille de plusieurs décennies.

Au même instant, un froissement d'étoffe retentit derrière Victor. Drapée dans sa robe de chambre mauve, Bernadette venait élucider les raisons de l'agitation de son mari en le poursuivant dans l'atelier. Dans le couloir, elle avait entendu l'écho des pendules et elle les contemplait, les yeux écarquillés, la bouche ouverte de stupéfaction.

« Ce ne sont que les horloges à balancier qui font ça » murmura Victor. Puis en agitant la main vers les cinq horloges qui respectaient la valeur naturelle de l'écoulement du temps : « Celles-là, ce sont des horloges à quartz et elles sont encore à l'heure. Mais pas les autres ».

Il fixa sa femme dans les yeux et put lire une incompréhension qui signifiait qu'elle n'avait pas compris, la bienheureuse. Un instant, il fut tenté de la maintenir dans l'ignorance. Un instant seulement : le poids de la connaissance était trop lourd à porter seul. Et le temps était compté.

« G a changé. »

Bernadette se tourna vers lui en haussant les sourcils, car elle ne comprenait pas.

« G, la constante gravitationnelle. La période d'une horloge à balancier dépend de beaucoup de paramètres, mais le seul qui puisse avoir changé, c'est

g. La masse du pendule ou sa longueur, ça ne change pas. Mais cette constante peut changer. »

Il prit une profonde inspiration.

« Si g diminue, la période des balanciers augmente. C'est ce que tu observes ici. Ça ne peut vouloir dire qu'une chose, que la masse de la terre diminue. Un bout de la planète s'est sans doute séparé du reste. Ça signifie qu'elle se désagrège ».

L'affirmation semblait trop gigantesque pour que Bernadette ou quiconque voulut la croire, mais les pendules devaient avoir tendu l'oreille car leur rythme, déjà particulièrement alangui, ralentit encore. La terre continuait sa cure d'amaigrissement, la fin inéluctable s'annonçait.

Les jambes de Bernadette flagellèrent et son mari crut d'abord que ses genoux l'abandonnaient à cause de la peur. C'est seulement lorsqu'elle bondit en l'air qu'il comprit que c'était le sol qui avait tremblé et qui l'avait fait sursauter. Il savait qu'il aurait dû s'approcher d'elle pour la rassurer, lui prodiguer des derniers mots doux avant que le sol ne les avale. Lui dire qu'il l'aimait peut-être. Mais il était pétrifié, incapable de faire autre chose que fixer les coucous qui battaient une mesure de plus en plus lente comme un orchestre préparant le public au final de la pièce. La dynamique des horloges avait été la quête de sa vie et il ne pouvait imaginer mourir autrement qu'en fixant l'heure de son trépas.

Ironie du sort : à l'instant où le monde s'écroulait sous Victor, un clapet de bois s'ouvrit au milieu de l'horloge qu'il fixait, révélant un oiseau mal dégrossi

137

au bout d'un ressort. Et c'est au chant d'un coucou qu'il ferma les yeux pour goûter au crépuscule de l'humanité.

Paris, 2013

À propos

Tout commença par une coïncidence : celle qui voulut qu'Henri triomphe d'un calcul âpre et sauvage à l'instant précis où son collègue Simon Caravage entrait dans son bureau. En voyant la tête d'Henri, le vieux chercheur et sa tignasse grisâtre se figèrent instantanément.

« Tu as trouvé quelque-chose ? » demanda-t-il et Henri prit le temps de se rejeter dans son siège avant de lâcher le morceau :

« J'ai ma borne inférieure ! » claironna-t-il. À vrai dire, l'exultation d'Henri était d'autant plus grande qu'il faisait face à Simon Caravage et non à Boris Steriov ou Béatrice Lars, qui connaissaient la Théorie des Bandits Manchots ; eux auraient contourné la table, lu sa démonstration laborieuse et se seraient étonnés qu'Henri s'en rengorge. Mais heureusement, Simon Caravage ne comprenait rien aux Bandits ; dès lors, Henri put déguiser sa lutte en ce qu'elle n'était pas (une avancée notable) plutôt qu'en un calcul complexe, certes, mais qu'un doctorant aurait expédié plus vite que lui ; il détailla consciencieusement son résultat à Simon, presque avec fatuité.

Puis Mirabelle ricana. Henri venait de quitter son siège, s'apprêtant à suivre Simon vers la machine à café lorsque le rire fragile, cristallin, l'atteignit. D'abord déboussolé, Henri ne fut pas long à trouver Mirabelle, dressée sur ses deux pattes-arrières dans sa belle cage aux barreaux blancs. On aurait pu croire que la souris fixait Henri, qui eut l'impression déstabilisante qu'elle n'était pas sa dupe. Contrairement à Simon, Mirabelle ne s'émouvait pas de ses péroraisons prétentieuses, ou de ses astuces pour continuer à jouir de sa renommée. Dans l'œil de Mirabelle, Henri lut qu'elle savait que son génie le fuyait… et elle s'en moquait.

L'idée ébranla profondément Henri, puis il se dit : Mirabelle est une souris, voyons ! Il chassa donc ses craintes avec un geste d'impatience. Mais même s'il conclut à une illusion auditive et se persuada après coup que ce rire fantôme l'avait même amusé, son subconscient fut plus catégorique : Henri se traîna avec un malaise chevillé au corps pendant quelques jours.

La seconde fois que la souris ricana, il fut d'autant plus difficile de l'ignorer. Cela se passait deux semaines plus tard, un soir. Henri était resté tard pour relire l'article de l'une de ses thésardes, soumis à sa vigilance pour correction, qu'il décortiquait avec une méticulosité d'orfèvre en barrant l'article d'autant d'annotations que nécessaires pour le cosigner honorablement. Non qu'Henri ait besoin d'autant d'efforts pour figurer parmi les auteurs : il se démenait pour offrir des post-docs juteux à ses doctorants en échange de leur complaisance à mettre son nom sur leurs travaux. C'était pour lui-même qu'il travaillait avec autant d'ardeur, pour lutter contre le sentiment d'être un Parrain de mafia en bout de courses, dont on embrasse les doigts boudinés sans même y penser.

Le rire de Mirabelle attira son attention alors qu'il se faisait cette réflexion : instantanément, il leva la tête, stylo figé au-dessus de ses feuilles, oreille à l'affût, regard vissé sur la cage du rongeur plongée dans la pénombre. Mais comme tous les lâches Mirabelle refusa d'assumer sa moquerie : après avoir fixé Henri quelques secondes elle se dirigea vers sa roue, au fond de sa cage, et la fit tourner d'un pas molasse.

« Tu te fiches de moi, c'est ça ? » demanda Henri avant d'avoir pu s'en empêcher.

Il fut surpris d'entendre la colère dans sa voix, preuve que l'incident précédent lui avait trotté dans la tête plus qu'il ne l'admettait. En réalisant son émotion, il en comprit aussi la raison, qu'il avait essayé de dissimuler la première fois : tout, dans cette scène loufoque d'une souris qui se moquait de lui, lui rappelait son ancienne maîtresse Emilie !

La souris, tout d'abord : sa cage s'était déposée sur l'étagère d'Henri -un jour qu'Emilie passait en coup de vent à la manière d'une feuille morte qui voyagerait dans le sillage d'une bourrasque ; Henri n'avait pas eu le cœur de s'en débarrasser, après leur rupture. La question du rire animal, ensuite, était du Emilie tout craché : le sujet fascinait la jeune vétérinaire, qui en dissertait pendant des heures sur l'oreiller au milieu de mille autres questions sur la condition animale. Elle en avait tellement rabattu les oreilles d'Henri qu'il savait que les rongeurs riaient sur des fréquences inaudibles, ce qui prouvait bien qu'Henri affabulait d'entendre des ricanements en provenance de la cage de Mirabelle.

L'idée des ricanements était d'ailleurs la troisième raison pour laquelle Henri pensait à son ancienne maîtresse, parce qu'ils avaient le même à-propos que ceux d'Emilie. Au cours de sa relation avec elle, Henri s'était étonné que la jeune femme rie si peu – c'était tout juste si elle gloussait parfois dans la vie quotidienne. Mais quand elle ricanait, c'était toujours avec mesquinerie. Henri le lui avait balancé, au cours de leur suprême dispute, qu'elle avait un vrai rire d'humaine, comprendre par-là un rire qui se délecte du malheur des autres, de leurs déconvenues, qui jaillit au moment adéquat pour crucifier sa victime. Emilie avait répondu à l'attaque en rien à gorge déployée, pour la première fois de toute leur relation ; ensuite, elle avait fait ses valises.

Un rire méchant, et à-propos. Voilà à quoi correspondaient les couinements de Mirabelle, en écho de ceux de son ancienne maîtresse, comprit Henri. Mais il savait aussi que les animaux riaient au hasard des situations, jamais par cruauté. Emilie le lui avait rabâché. Mirabelle ne pouvait pas avoir ri ! se rassura-t-il. Henri en était si peu sûr, cependant, qu'il défiait la souris du regard, l'engageant à recommencer pour voir… jusqu'à ce que la tension accumulée cette dernière minute ne se libère soudain. Le cheminement de ses pensées effraya Henri, lui qui commençait à prêter des traits humains à une innocente souris ! Il décida qu'il travaillait trop, qu'il était temps de rentrer et il rangea ses affaires. Cependant, juste avant de fermer la porte de son bureau deux minutes plus tard, il eut peur que l'illusion du rire ne se répète une troisième fois ce pourquoi il en claqua rapidement le battant.

Hélas, il n'en avait pas fini avec cette affaire ; il y eut encore deux cas de déni. Le premier, alors qu'il réprimandait un étudiant pour s'être perdu un mois dans une impasse mathématique qu'il était certain de lui avoir suggérée – mais quand même, on ne mettait pas un mois à tourner autour d'un pot –, la seconde fois lorsqu'il écrivait un mail pour annuler sa participation à un colloque de peur de ne pas être à la hauteur de l'évènement. Les deux fois, le rire le coupa en plein élan, il perdit le fil de sa pensée. Les deux fois, les détails du visage d'Emilie s'affinèrent dans son esprit, comme si elle émergeait progressivement du fond d'un lac brumeux.

Enfin, il y eut la fois de trop. Il était trois heures de l'après-midi et Henri recevait un collègue de l'étranger, de passage en ville pour quelques jours. Après les formalités d'usage (au cours desquelles le visiteur s'inquiéta de la santé d'Henri, dont les traits tirés et les yeux bouffis étaient effrayants), ils parlèrent en hommes d'expérience de leur recherche et de leurs succès jusqu'à ce qu'Henri surprenne un narquois « hin hin hin ». Henri se pétrifia au milieu d'une phrase, incertain, entraînant un froncement de sourcil chez son interlocuteur. Mais cette fois-ci, Mirabelle persista dans ses sarcasmes : « hin hin hin » répéta-t-elle.

Alors, Henri perdit tout contrôle sur lui-même. Il fut dans la rue moins d'une minute plus tard, sans égards pour l'ahurissement de son collègue à le voir se dresser d'un bond, ouvrir la cage en fer blanc, saisir d'une main tremblante la souris qui y gambadait et quitter la pièce sans un mot d'explication ; il ignora aussi les cris de ses collègues, qui l'interpellèrent dans les couloirs : sa vision réduite à un losange nimbé de brouillard, ses tempes vibrantes comme les timbales d'un opéra de Verdi, il était refermé sur lui-même. C'est tout juste s'il sentait, contre sa paume, le corps minuscule de Mirabelle qui se débattait, ses dents qui mordaient la chair pour se libérer.

Lorsqu'il approcha de l'entrée du personnel, au zoo, Henri hésita une fraction de seconde – même si sa rupture avec Emilie était encore fraîche, la nouvelle avait peut-être fait le tour du bâtiment. Mais le gardien, qui détailla rapidement ses vêtements fatigués – sans remarquer Mirabelle qui gigotait dans son poing – détrompa son inquiétude : il lui fit signe d'entrer, comme chaque fois.

« Elle est au vivarium aujourd'hui, dit le gardien. Pas mal de serpents sont malades, en ce moment. » Henri remercia et se dirigea vers la bâtisse en question, qu'il connaissait bien : il s'y était rendu si souvent qu'il aurait pu faire le chemin les yeux fermés.

En franchissant la porte, l'odeur entêtante du vivarium le heurta moins violemment que le parfum d'Emilie, en suspension dans l'air ambiant, comme le souvenir d'un rêve.

« Henri ? » s'étonna une voix derrière lui. Emilie était agenouillée devant la cage d'un boa constrictor, d'où elle observait l'apparition de son ancien amant avec un mélange d'appréhension et d'ébahissement. Henri lutta contre l'envie d'admirer ses grands yeux étonnés et détourna le regard. « Qu'est-ce que tu fais ici ? renchérit-elle en se relevant. On t'a laissé entrer ? »

Il ne répondit pas immédiatement : à vrai dire, il n'avait pas réfléchi à ce qu'il dirait, lorsqu'il se retrouverait en face d'elle, ni aux raisons pour lesquelles il avait emmené Mirabelle. Il avait agi sous le coup d'une impulsion ! Mais maintenant qu'il analysait la situation, Henri réalisait que les circonstances lui permettaient de sublimer son indécision : franchissant d'un pas la distance qui le séparait d'Emilie, Henri leva le poing dans sa direction pour qu'elle observe ce rongeur infernal qu'elle lui avait légué et fulmina : « J'avais oublié de me débarrasser de ça ! »

Puis, avant qu'Emilie n'ait compris ce qui allait suivre et avant qu'elle ne puisse réagir, Henri ouvrit la porte de la cage à côté de la jeune vétérinaire, et balança Mirabelle dans l'ouverture : le boa goba la souris blanche avant qu'Emilie n'ait pu pousser un cri ! Brutalement soulagé, Henri se tourna vers elle avec un sourire triomphal, carnassier et puéril.

Mais il se passa alors quelque chose d'étrange, que, deux heures plus tard, Emilie devait décrire aux inspecteurs de la police de la manière suivante : dans la cage où Mirabelle venait d'être jetée en pâture, le boa constrictor eut un petit bruit de gorge, un bruit qui ressembla à s'y méprendre à un ricanement. Une seconde après, Henri passait par la trappe de la cage, la main dressée pour essayer d'étrangler le serpent meurtrier. Et au moment où le corps filiforme de l'animal se refermait autour de sa poitrine, l'enserrait si violemment qu'il le plongeait déjà vers l'inconscience, Henri prononça ses derniers mots : « Enfin ! Un peu de respect, que diable ! »

Paris, 2014

État des lieux

L'idée me vint le 17 mars 2050. Je m'en souviens précisément car une semaine plus tôt, l'astronef présidentiel Elysée 8 avait explosé en vol, offrant à Raymond Vézelay une fin de mandat prématurée mais stellaire ; par la suite, je fus si souvent exposé aux hologrammes de cette caravelle de métal muée en boule de feu, jetant des gerbes de flamme comme des feux d'artifice que cet événement est gravé dans ma mémoire et la date du drame avec lui.

Néanmoins, le décès de Raymond Vézelay n'avait pas enrayé la course folle de l'économie française et, en tant que chef d'entreprise, j'étais bien occupé, ce fameux 17 mars. Je dirigeais une agence immobilière spécialisée dans les logements en lévitation, un secteur balbutiant à l'époque, parce que peu de gens étaient assez aisés pour s'y intéresser. Fort heureusement, quelques millionnaires étaient curieux et louaient ou investissaient dans mes 'immeubles flottants' ; ainsi, je concluais régulièrement des affaires juteuses.

Ce jour-là, je devais rencontrer le futur locataire d'une de mes plus chères acquisitions, une maison survolant le septième arrondissement. L'un de mes assistants avait signé le bail mais les sommes engagées mensuellement étaient suffisamment conséquentes pour que je voulusse conclure l'affaire en personne. D'autant que le client était une personnalité et je rêvais d'approcher les cercles où les puces bancaires étaient en diamant. Je m'étais donc désigné pour réaliser l'état des lieux.

En arrivant près de l'ascenseur aéropropulsé qui menait là-haut, je fus surpris de trouver non pas une mais deux personnes. Le premier était un homme d'âge moyen dont les cheveux élégamment coiffés, le costume sombre et le visage fermé célébraient le manque de fantaisie ; je reconnus immédiatement mon client. Les rumeurs le voulaient célibataire endurci, sans enfant et il avait d'ailleurs réalisé toutes les visites préalables sans personne pour l'accompagner ; aussi la femme au teint pâle accrochée à son bras suscita chez moi de nombreuses interrogations et je frémis intérieurement d'être le premier averti d'une liaison que cet homme taisait au reste de Paris — sans que j'en laisse rien paraître. Je ne m'abaissai surtout pas à dévisager l'inconnue et lui adressai à peine un coup d'œil en la saluant. D'un papillonnement de paupière, je demandai cependant à mes lunettes de capturer son image, qui s'afficha bientôt sur le verre droit pendant que nous entrions dans l'ascenseur.

Outre sa courte robe pêche (à laquelle je prêtai peu d'attention, en habitué de la qualité vestimentaire de mes clients), la jeune femme possédait un visage harmonieux, des lèvres charnues et un nez fin parsemé de discrètes taches de son en rappel de la rousseur éclatante qui cascadait sur ses épaules. Ses yeux manquaient seuls pour terminer son portrait car elle les cachait derrière d'épaisses lunettes noires. A coup sûr, elle voulait qu'on ne la reconnût pas ! pensai-je et je clignai des paupières pour qu'on comparât la photographie aux bases de données habituelles ; si cette femme avait une notoriété, même minime, j'avais des chances de l'identifier malgré son déguisement, supposai-je en même temps que je badinais avec mon client.

Parvenu sur le palier de la maison, je fus irrité de voir le message « Visage Inconnu » s'afficher en périphérie de mon regard, mais je cachai aisément ma déception. D'un geste sûr, j'ordonnai au robot-analyseur dans ma poche de faire le tour des lieux et le boîtier gris se mit à longer les murs, planchers et plafonds en quête d'imperfections à révéler au futur locataire. Je marchai dans son sillage en signalant régulièrement à mon client quelque détail splendide de l'habitation, un stratagème me permettant de lancer des coups d'œil à sa rousse accompagnatrice, qui nous suivait d'une démarche alanguie, le nez en l'air, les bras ballants. Qui était-elle ? m'entêtais-je à penser. Une fille illégitime, une maîtresse ? En la détaillant, je rageais de seulement reconnaître le front lisse, le sourire naïf d'une rêveuse sans qu'elle fît aucun signe vers mon client qui clarifiât leurs rapports. Elle s'arrêta d'ailleurs longuement devant la verrière ouvrant sur la Seine et pencha le buste en avant comme si, indifférente à notre présence, elle allait y plonger tête la première en traversant la vitre.

Ce fut l'instant que choisit mon client pour me glisser à l'oreille : « Il reste un dernier point à régler. Il est minime, mais je voulais en parler… de vive voix. »

Intrigué, je lui fis signe de continuer en promettant d'un regard ma totale bienveillance.

« Même si le bail est à mon nom, ce logement sera seulement occupé par mon amie, reprit-il d'un air pincé en levant les yeux vers la jeune femme. Or, c'est une androïde, et du point de vue des assurances, cette situation nouvelle doit être clarifiée… Je suis prêt à débourser ce qu'il faut pour que l'affaire se passe bien. Par ailleurs, les installations nécessaires pour qu'elle puisse vivre ici, les douches chimiques, réparateurs… ils seront mon affaire et je laisserai tout en place, le jour où nous viderons les lieux… »

Je dus paraître choqué, car il s'interrompit. Je l'étais : c'était la première fois que je me trouvais face à un robot si bien conçu que la texture de la peau ou ses mouvements ne m'avaient pas alerté de sa nature ! Je savais bien sûr que la recherche en robotique progressait sans cesse ; j'avais entendu parler de spécimens d'aussi bonne facture que celui-ci, mais je les pensais cantonnés dans des laboratoires. Brusquement, les verres teintés s'expliquaient : on n'avait pas encore trouvé de substitut convaincant aux pupilles humaines, et si l'être devant la verrière avait enlevé ses lunettes, j'aurais contemplé deux caméras rotatives ! Mais ce qui justifiait surtout la stupéfaction que j'avais offerte à mon client, c'était qu'il voulut que son robot habite en solitaire. Jusque-là, on en avait construits pour aider ou servir, certainement pas pour avoir une vie propre, un logement et des loisirs.

« C'est une nouvelle génération de robot, expliqua-t-il. Un robot écrivain ; on lui a installé un module intégrant les habitudes stylistiques de Romain Gary, mais il fallait aussi débrider sa personnalité afin de lui donner l'amplitude nécessaire pour vouloir écrire et créer. De ce fait, elle a d'autres besoins que les autres. La première chose qu'elle a exigé de moi, c'était d'avoir sa propre maison, et d'y mener sa vie sans être surveillée. »

Passé le choc, ce 17 mars 2050, j'acquiesçai à cette demande surprenante, trop ébahi encore face au phénomène que la science-fiction me prédisait depuis un siècle pour en mesurer la portée : l'arrivée de robots possédant des désirs d'humain, des intelligences propres à même d'exiger. Mais ce soir-là j'eus l'idée qui, depuis, a fait de moi l'homme le plus riche de Paris : j'imaginai le marché qui fleurirait le jour où tous les robots ressembleraient à cette rousse automate. Plus tard, on le sait, je fus de ceux qui l'amenèrent à maturité plus vite que prévu : le premier, je créai des logements privatifs adaptés aux seuls androïdes et les rendit abordables malgré les investissements qu'ils exigeaient. Vingt ans plus tard, plus de la moitié de mes clients sont de cette espèce ; ils ont des droits, des représentants politiques, des passeports ; et si leur intelligence reste qualifiée d'artificielle, la monnaie qu'ils déposent sur mes comptes en banque me procure le même plaisir que celle des êtres humains.

Paris, 2014

Madame Chantègre

Il y a cinq ans, mon employeur me mit en binôme avec Robert Chantègre en vue d'un audit stratégique où nos expertises respectives seraient mises à rude épreuve. Je n'en fus pas inquiété : ce n'était ni la première fois qu'on m'envoyait au charbon, ni ma première collaboration avec un collègue que je connaissais mal. J'acceptais avec l'appétit du travail bien fait, seul à même de prouver à ma hiérarchie que je lui étais indispensable.

À l'époque, le cabinet comptait deux bâtiments, vingt étages, près d'un millier de personnes et une cantine aussi large qu'une cathédrale ; dans ces conditions, j'aurais eu du mal à reconnaître beaucoup de collègues en les croisant dans la rue. Cependant, au nom de Robert Chantègre, un visage avait instantanément surgi dans mon esprit. Non à cause des états de service qui l'accompagnaient mais d'une cicatrice épaisse qui séparait son sourcil droit en deux parts égales et donnait l'impression qu'on avait décroché une moustache de son nez pour la lui coller au-dessus de l'œil. Ce trait déroutant ne m'amenait pas pour autant à rire de Robert – en bon professionnel, je ne jugeais jamais les gens sur leur seule apparence. Simplement il m'avait frappé à chaque rencontre et je me réjouis de pouvoir y associer une personnalité.

Robert et moi partîmes ensemble chez notre client, à la suite de quoi je pus observer quotidiennement son sourcil moustachu dont je veillais bien sûr à ne pas sourire. Robert ne me donna pas l'occasion de me moquer au vu de l'efficacité redoutable avec laquelle il attaqua sa partie de la mission. Pour tout dire, j'en étais presque impressionné, ce qui ne m'était pas arrivé souvent. Sans bien estimer son âge, je donnais la cinquantaine à Robert et la plupart de mes collègues de cet âge-là qui n'avaient pas gravi les échelons hiérarchiques manquaient d'envie – ce qu'ils compensaient par l'expérience. Robert, au contraire, alliait l'expérience et le désir de vaincre. Il ne profitait pas de son aspect un peu bonhomme pour s'attirer la sympathie des clients, n'offrait aucun dehors paternaliste pour le mettre à l'aise ; rapidement, lorsque la moustache au-dessus de son œil se soulevait, les sourires s'éteignaient et cédaient place à la peur : c'était le signe qu'il avait une piste litigieuse à creuser et que quelqu'un en paierait sans doute le prix.

Comme l'avait promis notre employeur, l'audit fut embêtant. D'autres l'auraient même qualifié de sanglant, et pour veiller à ce que les règles ne fussent écornées, nous veillions presque tous les soirs, échangeant de longs avis à la lumière de nos lampes de bureau. Après quoi, nous rentrions jusqu'à notre hôtel et pour ma part, je ne mettais pas plus d'un quart d'heure à m'endormir. En somme donc, Robert et moi partagions chaque moment éveillé de la journée et dans le milieu, au point de dire, comme le voulait le milieu, que nous étions devenus l'ombre l'un de l'autre. Mais cette proximité ne nous rendit pas complices. J'avais pris l'habitude de ne rien divulguer

154

de ma vie privée une fois mon costume sur les épaules, et ne lui donnais que de vagues indices de ma vraie personnalité – par le biais d'opinions sur des sujets anodins ; Robert était du même acabit, et cette intense période que nous passâmes côte à côte ne m'apprit quasiment rien sur lui.

C'est du moins l'impression que j'en eus, au début. En réalité, lorsque je m'amusai un jour à assembler les détails qu'il m'avait divulgués, je compris qu'il jouait à la frontière de l'indiscrétion sur un sujet, et un seul : celui de sa femme. Robert ne l'appelait pas au téléphone devant moi, attendant sans doute que nous fussions rentrés du travail pour lui donner quelques nouvelles ; il n'essayait pas plus de l'inviter dans les environs de notre retraite a cours des week-ends que nous passâmes dans les environs (et qui furent quasiment engloutis par le dossier qui nous préoccupait) ; il la convoquait néanmoins dans son discours et si régulièrement qu'il me sembla bientôt la connaître mieux que lui.

Deux exemples. Un jour que nous déjeunions à un restaurant, Robert m'indiqua une plante en pot sur la terrasse et me dit que c'était le genre de plantes que sa femme cultivait. Il me raconta alors par le menu une anecdote : un jour, il était rentré plus tôt qu'à l'accoutumée et avait été surpris d'entendre des râles prolongés jaillissant de la chambre maritale. Imaginant une situation de tromperie, il s'y était précipité pour trouver sa femme contorsionnée sur le sol, à demi enfouie sous les branches basses d'un arbuste similaire à celui que nous observions pour essayer de couper certaines branches difficiles. Une autre fois, alors que je salis bêtement mon nœud de cravate au réfectoire, Robert rit et me dit : « si ma femme vous voit un jour dans des circonstances similaires, elle vous forcera à mettre du sel sur la tâche ; ne la laissez pas faire ! Cela fixe la salissure et on ne l'enlève plus, mais j'ai beau le lui répéter, la leçon ne rentre pas ! »

Et ainsi de suite. A chaque fois qu'il évoquait une information personnelle, il y mêlait sa femme, et je la découvris petit à petit. Puis, l'audit tira à sa fin, et je me séparais de Robert Chantègre avec une chaleureuse poignée de main, avant de revenir à des missions plus habituelles. L'idée que je me faisais de lui auparavant était bien sûr bouleversée : auparavant, il n'était pour moi qu'un sourcil taillé comme une moustache ; désormais, il s'était transformé en une forme de modèle digne d'un respect particulier. Et pourtant, avant qu'il ne quitte l'entreprise deux ans plus tard, nous nous contentâmes de salutations enjouées aux détours des couloirs car la chance ne nous fut pas donnée de collaborer à nouveau. Je ne crois même pas avoir été convié au pot pour son départ – à moins que je n'aie été en déplacement à cette occasion, ma mémoire n'est plus très sûre. Quoi qu'il en soi, son nom cessa bientôt de résonner à mes oreilles et je n'eus pas le temps de m'en plaindre : j'étais trop occupé pour cela.

Ce n'est qu'il y a quelques semaines, alors qu'un nouvel audit capital requérait mon attention, et qu'un homme tel que Robert m'eut été utile que je le mentionnais pour plaisanter avec mon supérieur. Celui-ci me dit avec un sourire que je trouvais sardonique : « Vous pouvez toujours essayer de convaincre Robert de remonter dans la barque, vous n'aurez pas à le chercher très loin, il travaille quatre rues plus haut ! » Bien entendu, mon supérieur m'étonna, car il n'y avait aucune entreprise de renom aux alentours de la nôtre, en particulier pas dans notre domaine d'expertise. Je ne manquais pas de le lui faire remarquer et il m'expliqua d'un ton ouvertement méprisant : « Robert a changé de métier. Il est devenu projectionniste dans un cinéma de quartier, le Colossien. Les affaires ne l'intéressaient plus.

« Comment ? Il s'est reconverti ? Comme projectionniste ? » Ma surprise était totale, nourrie du souvenir de ses qualités d'auditeur. A mes yeux, il était inconcevable qu'un tel homme ait jeté aux orties un emploi – et un salaire – qui lui seyaient si bien !

« Il n'a pas vraiment voulu m'expliquer, me dit mon patron. Il pensait que je ne comprendrais pas, et il ne se trompe peut-être pas. C'est sans doute l'âge qui a parlé. »

« Il voulait peut-être avoir plus de temps à passer avec Madame Chantègre ? » avançai-je, en désespoir de cause. En temps normal, je me serais contenté d'accepter l'hypothèse de mon supérieur et aurais commencé à évoquer les détails pratiques de notre mission ; mais en l'occurrence, l'annonce était trop choquante pour que je parvienne à l'assimiler. L'unique raison pour expliquer son départ était celle que je formulai, puisque sa femme était l'interstice par lequel j'avais observé sa vie privée et j'espérais y trouver les causes du tremblement de terre annoncé. Je fus donc surpris de voir mon patron ricaner.

« Il faudrait qu'il aime beaucoup les cimetières… Ça fait plus de dix ans que sa femme est décédée. »

On l'imagine, je fus frappé sur place, sans voix, m'attendant presque à ce que mon supérieur s'en excuse et retire cette blague de très mauvais goût. Mais, en le fixant droit dans les yeux, je compris qu'il ne plaisantait pas. J'ouvris alors la bouche pour dire qu'il n'était pas possible que la femme de Robert fusse morte une décennie plus tôt, puisqu'il en parlait au temps présent, comme si elle allait surgir d'un moment à l'autre à l'époque de notre audit, cinq ans seulement auparavant. Mais je lus sur le visage de mon supérieur que le sujet Robert Chantègre avait déjà passé trop de temps sur le tapis. Ce n'était pas dans mes habitudes d'investiguer des questions privées, et l'instinct qui avait fait décoller ma carrière m'aida à me reprendre. Je fermai la bouche, me composai dans l'urgence une figure inexpressive et m'excusais de mes questions. Notre réunion prit alors la tournure attendue et le nom de mon ancien collègue n'y figura plus une seule fois.

Néanmoins, en quittant mon bureau, l'« affaire Chantègre » me trottait encore dans l'esprit. Plutôt que de me jeter sous les draps en rentrant, je veillai donc un peu, et écumai internet à la recherche d'un faire-part de décès lié à la fameuse Madame Chantègre. L'affaire n'était pas évidente, puisque j'ignorais son prénom ou la date exacte du trépas, mais la persévérance vint à bout de ces difficultés et, à trois heures du matin, un peu hagard, j'exhumai quelques lignes qui me firent frissonner. Un dénommé Robert Chantègre, auditeur dans ma société, annonçait le décès de son épouse, Madame Clotilde Chantègre, en date du douze avril deux mille trois. Mon supérieur ne m'avait pas menti : elle était morte cinq années avant l'audit mené avec son mari ! J'appris par la même occasion les circonstances du décès et une pointe de pitié se joignit à ma stupeur face à la maladie infâme qui l'avait emportée.

En d'autres circonstances, ces investigations auraient satisfait ma curiosité. J'aurais conclu que Robert Chantègre était un peu dérangé pour avoir agi comme si sa femme n'était pas morte. Mais l'hypothèse de la folie douce me répugnait et mon propre déni à ce sujet m'étonnait. J'arrivais sur la quarantaine et je me pensais suffisamment maître de mes émotions pour ne jamais m'abandonner à cet effroi-là. D'autant que la cause en était un homme que je connaissais très peu. Finalement, je conclus que mon malaise venait de ce que j'avais projeté sur Robert Chantègre une part de mes rêves d'avenir. Egoïstement, je n'étais pas triste pour Robert Chantègre, mais pour moi-même et le modèle que je venais de perdre. Certes, je n'avais pas d'épouse à perdre prématurément et de deuil inénarrable pour me guetter dans les prochains mois, mais il y avait d'autres causes à la perte de raison.

Je me couchai en vue de calmer mon émoi : je me promis d'attendre la fin de la mission qu'on m'avait confiée avant de repenser à Chantègre et d'engager alors, si cela était encore nécessaire, des actions pour tirer l'affaire au clair. Ce qui bien entendu, s'avéra indispensable. Quand je revins travailler au siège de la société, je décidai donc de me rendre au cinéma de quartier où Robert officiait, gageant que peu de spectateurs y seraient et que j'aurais alors tout le loisir d'attirer l'attention du projectionniste. Pour être honnête, je ne savais pas quelles questions j'allais lui poser. Mais j'avais un besoin irrépressible d'explications.

Le Colossien ne comptait qu'une salle de projection. Cependant, arrivé sur place, je fus pris au dépourvu par l'étroitesse des lieux, qui n'étaient pas plus larges que mon propre salon. Quatre pauvres rangées de sièges faisaient face à un écran blanc de la taille d'un grand téléviseur ; à l'opposé de l'écran, la tête du projecteur se glissait au travers d'une lamentable lucarne et me donnait l'impression d'un œil démesuré, placé là pour me surveiller (l'œil fou de Chantègre, en quelque sorte, pensai-je en frissonnant). J'avais le sentiment de pénétrer dans un bas-fond désaffecté de la ville, de ceux dont j'avais toujours veillé à me tenir éloigné.

J'avais choisi l'ultime séance de la journée, à vingt-deux heures, pour rendre visite à mon ancien camarade, espérant ainsi nous offrir un peu de calme pour nos retrouvailles. Je ne fus pas déçu, car j'étais seul. Le guichetier lui-même, un petit homme chauve au regard désabusé, m'avait prévenu : « Il y a rarement beaucoup de monde, à cette séance-ci ! Si personne ne vient, d'ici que le film commence, on devra annuler. Ça coûterait trop cher de projeter la bobine, par rapport au prix du ticket. Je suis désolé, mais c'est comme ça. » J'avais acquiescé sans rien dire. Et de fait, quelques minutes plus tard, le guichetier fit trembler les portes-tambour de la salle pour m'annoncer : « La séance est ajournée… Je vais vous rembourser…

« Ce ne sera pas nécessaire », dis-je en m'extrayant de mon siège. J'étais un peu soulagé de ne pas souffrir une séance en solitaire dans ce lieu angoissant. « Vous pouvez garder mon argent, je ne suis pas venu pour ça. Je suis venu voir Robert Chantègre, c'est un ancien collègue à moi. Est-il déjà parti ? »

Le guichetier me balança un drôle de regard, puis il me détailla des pieds à la tête, s'arrêtant ostensiblement sur mes boutons de manchette. Cet homme n'arrivait sans doute pas à se figurer que Robert Chantègre ainsi vêtu – ce dont je conclus que le guichetier avait été embauché au Colossien après que mon collègue y eut pris ses fonctions. Quoi qu'il pensât, cependant, il n'ajouta pas un mot et me fit signe en direction d'une porte dérobée à laquelle il toqua. Un murmure étouffé lui répondit et il annonça : « Bob ! Quelqu'un voudrait te parler ! Un collègue, paraît-il ! » Puis, indifférent au visage choqué que j'offris en découvrant que Chantègre acceptât ce surnom de « Bob », le guichetier s'éloigna en m'indiquant d'entrer.

L'endroit avait les dimensions d'un cagibi, si bien que je me trouvai nez-à-nez avec Robert avant d'avoir fini d'ouvrir la porte. J'aurais pu douter que ce fût lui : une barbe exsangue, mélange de poils noirs et gris désordonnés, dévorait son menton jadis imberbe et son visage était tissé de rides profondes que je ne lui avais pas connues ; de plus, à l'inverse de l'homme de mes souvenirs qui dégageait une énergie inépuisable – même au terme d'une journée abrutissante – le projectionniste était un peu voûté. Mais un détail m'assura que j'avais frappé à la bonne porte : en se tournant vers moi, Robert Chantègre leva un sourcil moustachu semblable à aucun autre. Après quoi, ses yeux s'agrandirent et il s'exclama : « Bernard Cellier ! Si je m'y attendais… »

Sans que je puisse m'y préparer, il m'administra une tape formidable sur l'épaule, qui démentit l'impression de fatigue que son physique lui avait prêtée.

« Ça me fait plaisir de vous voir dans mon cinéma, me dit-il joyeusement. Je crois que vous êtes le premier du cabinet à venir ici… et pourtant, vous n'étiez pas de ceux avec qui je travaillais tous les jours. Ça fait combien ? Bien quatre ans qu'on avait été coéquipiers, n'est-ce pas ?

– Cinq ans, le détrompai-je. C'était en février deux-mille huit.

– Voilà qui est précis », sourit-il. J'étais surprise de le trouver aussi heureux et j'en étais presque gêné car je ne lui rendais aucun de ces signes fraternels. Pire encore, je dansais d'un pied sur l'autre d'un air malaisé qui ne le tromperait pas longtemps. « J'avais oublié qu'on était méticuleux, au cabinet, reprit-il. Ici, je n'ai plus vraiment besoin de précision, même les séances de cinéma ont toujours quelques minutes de retard ! Enfin, vous n'êtes sans doute pas venu m'entendre radoter sur mon métier… Qu'est-ce qui me vaut l'honneur ? Vous êtes venus pour L'assassin habite au 21 ou pour moi ?

– Je suis venu pour votre femme », répondis-je abruptement, avant d'avoir pu réfléchir.

En me décidant à revoir Robert Chantègre, j'avais aussi prévu ma difficulté à trouver quoi lui dire. Hélas, ma fébrilité venait de me pousser bien plus loin dans l'impolitesse que je ne l'escomptai et je rougis. En même temps, le visage de Robert, en face de moi, se décomposait. Aussi, désireux de me rattraper le plus vite possible, je dis : « Georges m'a avoué ce qui était arrivé à votre femme et je n'en savais rien. Quand nous avions travaillé ensemble, à l'époque, j'avais cru… eh bien, vous savez, vous parliez souvent d'elle, et j'avais l'impression qu'elle était encore… enfin qu'elle vous attendait, ici, à Paris, que vous viviez ensemble. C'est pour ça, quand j'ai appris… J'ai voulu vous dire que j'étais désolé. »

Sous le feu brûlant des yeux de Chantègre, je me sentais plus mal à l'aise que face au conseil d'administration d'une multinationale. Sans doute parce que j'avais moins d'expérience d'une telle situation de gêne que des présentations devant des pontes des affaires. Robert vint à mon secours : il avait certes perdu quelques couleurs à l'instant où j'avais mentionné sa femme, mais il les retrouvait maintenant et répliqua d'un ton enjoué :

« Je vous remercie Bernard. Votre sollicitude me touche, même si tout cela remonte à longtemps ! Je suis même surpris que vous ayez fait le déplacement pour si peu… N'y voyez aucune ingratitude de ma part, remarqua-t-il. Votre démarche n'a rien d'inutile, bien au contraire, j'en suis ému plus que vous ne l'imaginez…

– Quand nous travaillions ensemble, vous en parliez au présent, d'où mon erreur, insistai-je dans l'espoir que Robert se sentirait obligé à une explication. Pour moi, c'était qu'elle était encore avec vous, je ne pouvais pas deviner…

– Savez-vous pourquoi je travaille dans un cinéma, Bernard ? » m'interrompit Chantègre.

Il avait levé la main pour m'engager au silence, et me regardait en plissant les yeux, sans méchanceté aucune, mais comme pour essayer de me jauger. J'eus l'impression qu'il avait compris la vraie raison de ma venue, qu'il devinait que je voulais vérifier sa santé mentale. Sous le coup de cette désagréable intuition, je secouai seulement la tête et posai la main sur mon costume pour resserrer ma cravate, un mouvement qui avait quelque chose d'assez réconfortant.

« Avez-vous déjà été amoureux, Bernard ? Amoureux fou, je veux dire, pas seulement épris d'une femme ? Ma théorie, Bernard, voyez-vous, c'est que quand on est amoureux d'une femme, on traverse deux phases successives. Je les ai baptisées les phases d'exclusivité et de projection. La phase d'exclusivité,

164

c'est lorsque la femme que vous aimez vous semble indestructible, éternelle ; en quelque sorte, elle occupe alors le centre du monde et tout ce que vous voyez de beau, d'inspirant, tout ce qui vous touche, vous trouvez un moyen pour le ramener vers elle comme une radiation de sa propre perfection. Tout ce qu'elle peut avoir de commun avec d'autres personnes, tous ses gestes, ses opinions et tout le reste encore, des choses qui ne lui appartiennent pas vraiment et que vous observez ailleurs, vous pensez qu'elle en est la source, l'unique vraie représentante. Son parfum, par exemple, n'a été conçu que pour elle et quand vous le respirez en vous penchant à son cou, vous considérez que c'est le seul moment où vous le respirez vraiment ; si vous croisez plus tard une collègue qui le porterait, vous vous distanciez le plus possible de cette autre femme parce qu'il est illégitime qu'elle possède cette fragrance. Quand vous allez au cinéma et qu'un personnage a des comportements semblables à votre femme, vous pensez que le réalisateur s'est inspirée d'elle et non que les habitudes de votre femme obéissent à une loi plus générale… Vous me comprenez, Bernard ? »

Je mis quelques secondes à acquiescer, même si j'avais très bien suivi le raisonnement de Chantègre. Ce délai s'expliquait de par le saisissement avec lequel j'observais la transformation de mon ancien collègue. Au contraire de son caractère posé d'autrefois, il parlait avec véhémence, agitant les bras pour me prendre à parti au point qu'il frôlait les murs du réduit où nous nous trouvions ; d'ailleurs, son sourcil moustachu montait et descendait continuellement et je faisais des efforts pour ne pas le suivre des yeux. En un mot, je découvrais un homme passionné, fébrile, tout autre que celui dont j'avais admiré le calme froid des années auparavant et j'écoutais donc son discours avec ébahissement.

« Et puis un jour, reprit-il, vous découvrez que votre femme n'est pas immortelle ; une maladie incurable va vous l'enlever sans que vous puissiez rien y faire que pleurer. D'un coup, la période d'exclusivité vole en éclat pour céder la place à la période de projection. Vous aviez passé la première partie de votre vie à dire que ce qui était beau dans le monde revenait en réalité à votre femme ; désormais vous projetez tout ce qu'il y a de beau dans votre femme dans le monde, pour pouvoir le retrouver le jour où elle ne sera plus là. Vous vous réjouissez de savoir que son parfum est portée par d'autres, car le hasard vous donnera la chance, un jour, de vous faire croiser le souvenir de votre épouse. Vous guettez des mimiques, des idées, chez les autres comme ça vous saurez où regarder si vous avez besoin de l'apercevoir, qui écouter si vous voulez discuter avec elle… Vous reprojetez votre femme sur le monde pour qu'elle ne soit pas, à terme, un tas de poussière au sortir d'un incinérateur. Vous voulez qu'elle soit vivante. Vous voulez croire que vous la verrez encore. Vous voulez la retrouver partout. Et j'y suis parvenu, c'est pour cela que je parle d'elle au présent. Lorsque je retrouve des choses que j'ai projetées d'elle sur le monde, j'ai l'impression qu'elle est là, avec moi. »

« Ça n'explique toujours pas votre nouvelle vocation », relevai-je. Ma voix était calme, posée. Détachée pourrait-on dire. C'était ma manière d'agir, de me retrancher en moi-même lorsque j'ignorais comment réagir et l'affaire de projection dont parlait Chantègre, toute poétique qu'elle était, me laissait pantois. Je m'y étais si peu attendu que je n'avais aucun mot pour la commenter. D'ailleurs, je ne voulais pas la commenter : j'aurais préféré toute autre solution que l'épanchement mélodramatique dont j'étais témoin. Ainsi, en désespoir de cause, je m'étais raccroché à la seule question qu'il restait à poser.

« C'est à cause de ma femme, répondit-il avec un sourire mélancolique. Elle adorait le cinéma. Par-dessus tout. C'était une bénédiction pour elle, car je rentrais si tard qu'il fallait bien qu'elle ait une occupation. Lorsqu'elle a été très malade, je lui ai expliqué ma théorie de la projection et ça l'a d'abord fait beaucoup rire… puis elle y a réfléchi. Avant de s'en aller, elle m'a donné une liste de films, une très longue liste en me disant : ce sont les films où je me suis retrouvée. Parfois, tu me croiseras subrepticement, juste un mouvement d'épaule d'un quart de seconde au coin de l'écran ; parfois, je serai une passante qui traverse une rue ; d'autres fois encore, l'héroïne. Regarde-moi aussi souvent que possible. Regarde-moi vivre. Elle a bien fait son choix, Bernard, croyez-moi. Dans chacun d'eux, je l'air retrouvée… Les premières années après son départ, je me contentais de la regarder en rentrant du travail, mais un jour, ce n'était plus assez, je ne supportai plus de voir aussi peu ma femme qu'avant.

Aussi, je ne voulais plus la voir seule. Alors, j'ai décidé de changer de vie et de révéler ma femme à ceux avec lesquels elle aurait aimé converser, ceux qui partageaient sa passion. J'ai racheté ce cinéma avec l'argent que j'ai amassé dans ma vie. Depuis, je choisis ma programmation et j'offre ma femme aux cinéphiles de tous horizons, qui sont prêts à la rencontrer. Depuis trois ans, je passe toutes mes journées avec elle... Qu'en dites-vous ? »

Je n'en dis rien. Je n'avais plus rien à dire. Je pus tout juste lui tendre la main et sans paraître vraiment étonné, il la serra et me laissa partir en silence. J'avais la réponse à toutes mes questions. Au fond, il avait sans doute vu combien j'étais effrayé et il s'apitoyait de ma peur. Parvenu dans la rue, je hélai un taxi et ordonnai qu'on m'amène chez moi, le plus vite possible. Ma voix trembla lorsque je donnai l'adresse et je n'en fus pas surpris, pas plus que de la fièvre qui faisait trembler mes mains. Une vérité m'avait frappé au cours de cette soirée, qui m'avait fait m'effondrer. J'avais trouvé Robert Chantègre différent en arrivant, mais j'avais mis tout son discours à comprendre pourquoi : puis finalement, j'avais réalisé que ce n'était pas sa folie qui expliquait ce changement et une illumination s'était produite. Dans l'immonde cagibi qui lui servait maintenant de royaume, Robert Chantègre m'avait montré son vrai visage, et je n'avais supporté de l'affronter plus longtemps. Avant ce jour, en effet, je ne l'avais jamais vu heureux.

Paris, 2014

Un chien et son maître

Dans les rues de Tunis, un bâtard au poil gris attendait que son maître sorte d'un café. Le maître y avait pénétré trois heures auparavant, et ce faisant, il avait accroché la laisse de son chien au poteau près de l'entrée, un poteau qui était alors baigné dans l'ombre. Le soleil était monté et ses rayons avaient colonisé la rue, si bien qu'à midi, il n'y avait plus de refuge contre les attaques du soleil : le bâtard souffrait.

C'était le jour le plus chaud de l'été et l'air était lourd dans la ville : c'était sans doute cela qui retenait le Maître à côté du comptoir, dans l'espoir que le prochain verre éteignit sa soif. Le chien, lui, n'avait rien à boire ; les passants fronçaient les sourcils en le voyant brûler, mais ils ne voulaient pas se mêler des affaires d'autrui ; quant aux enfants, ils n'approchaient pas, même pour le caresser : avec sa carrure de colosse, le chien était trop menaçant.

Un rat longeait les murs pour fuir la ville. Voyant le chien qui tirait la langue, il s'arrêta et le nargua :

« Salut le chien, c'est ton maître qui te met au supplice ? demanda-t-il. Quelle justice ! C'est pour lui que tu as chassé les miens hors de la maison, tué tous mes cousins ? Eh bien ! Il sait s'occuper de toi.

– J'ai soif, reconnut la bête en montrant ses dents, mais mon maître a toujours été bon : lorsqu'il sortira, il pensera à me donner à boire.

– Lorsqu'il sortira, dis-tu ? répliqua sournoisement le rat. Mais lorsqu'il sortira, il sera saoul et il te battra ! D'ailleurs, s'il n'est pas encore là, c'est sans doute parce qu'il se dispute... et qu'on le corrige. Une fois dehors, il faudra que quelqu'un paie pour son humiliation… Tu es tout désigné. Ton ami, je te l'envie !

– Il me bat parfois, gronda le chien, mais le plus souvent, il est juste... et que m'importe ce que tu dis ? Je sais qui est mon maître. Garde ta jalousie ! Tu sais pourquoi on chasse les créatures dans ton genre ? Pas parce qu'elles mangent le grain, mais parce qu'elles portent les maladies. On vous repousse parce que vos mauvaises pensées sont un fléau et si vos langues porteraient du venin, je n'en serais pas étonné ! Va-t'en ! Tu n'es l'ami de personne, tu ne peux pas comprendre ce que veut dire aimer un maître !

– Si personne ne m'aime, rit cruellement le rat, au moins, je n'aime personne ! et ma confiance ne peut pas être trompée ! »

Mais tout au plaisir que lui procuraient ses sarcasmes, le rat s'approchait du bâtard mais il espérait tant voir la souffrance s'épanouir sur son front qu'il vint trop près. Le chien bondit ; la lutte ne fut pas longue, et le maître sortit à l'instant-même où le rat agonisait. Hélas, il était bien saoul, et voyant que son chien avait traqué une proie, il frappa le cabot.

« Que fais-tu ? Tu chasses hors de la maison ? dit-il avec la joie mauvaise de châtier injustement. Si seulement tu étais aussi zélé chez nous ! Tu attraperais la vermine qui grouille ! Mais non, tu chasses dans la rue, et à la maison tu dors. »

Le mensonge brillait dans son œil aviné et l'animal savait que la langue de son maître n'était pas amère à cause de lui : combien de fois avait-il déjà ramené cet âne bâté jusqu'à sa maison, parce qu'il ne connaissait plus le chemin de chez lui ? Mais les paroles du rat tournaient encore dans la mémoire du chien, et il ne put se retenir : il mordit son Maître, bien qu'avec retenue, pour manifester son mécontentement. Il savait que son geste lui vaudrait une correction supplémentaire, mais il eut trouvé inadmissible que l'injustice dont il était victime demeure impunie. Chacun ayant rossé l'autre selon sa convenance, ils rentrèrent finalement à la maison.

Savaient-ils tous les deux, alors qu'ils franchissaient le seuil de la cour, que le rat avait la Peste, et que le maître et la moitié de la ville étaient condamnés par la morsure du chien ? Qui sait. La peste surgira souvent ainsi, lorsque chien et maître se disputeront autour du cadavre d'un rat.

Paris, 2014

Corps étrangers

L'existence de Lætitia Berger bascula un mardi à l'aurore. Pour tout dire, quand elle entrebâilla ses paupières et qu'elle vit six heures dix inscrit au cadran du réveille-matin, elle eut seulement la force de maugréer avant d'enfouir sa tête sous l'oreiller : elle était loin de se douter du phénomène qui s'était mis en route. Les premiers symptômes se déclenchèrent quelques secondes après, quand ses récriminations trouvèrent un écho dans celles de son estomac ; celui-ci commença alors à se tortiller sauvagement, tant et si bien que Lætitia dut se recroqueviller en position fœtale. Mais là-encore, elle ne prit pas la mesure de l'événement. Son esprit, tiré de l'engourdissement par la souffrance, voulut associer ces douleurs à une indigestion carabinée dont tout portait à croire qu'elle ne laisserait plus la jeune femme tranquille. D'un geste énergique, Lætitia s'extirpa donc du lit et piocha un comprimé dans sa table de nuit. A la guerre comme à la guerre, décida-t-elle, elle ferait front face aux assauts gastriques, et rien de mieux pour cela qu'une douche brûlante : la chaleur anesthésierait le mal tout en remontant son moral. Or, armée de sa bonne humeur légendaire, Lætitia Berger était capable de tout affronter ! C'est du moins ce qu'elle croyait.

Sous le jet d'eau chaud, ses maux de ventre revinrent au galop, si violents cette fois-ci que des spasmes la secouèrent des pieds à la tête. L'idée d'avoir sous-estimé son mal s'imposait enfin quand, au paroxysme de la douleur, Lætitia eut l'impression que quelque chose glissait le long de ses cuisses, comme si la savonnette qu'elle tenait pourtant en main lui avait échappé. Mue par des réflexes qu'elle ne se connaissait pas, sa main jaillit ; ses doigts se refermèrent alors sur un petit objet à la surface aussi rêche que fragile – un œuf, reconnut-elle après avoir éteint le jet bouillant.

Lætitia resta pétrifiée, contemplant la coquille perlée de gouttes d'eau, incapable d'une seule pensée cohérente. Puis son esprit nota la diminution de son malaise et par une voie insolite, elle supposa que c'était l'œuf qui y avait mis un terme : la souffrance avait préfiguré la ponte et maintenant que le travail était accompli, son corps revenait doucement à sa quiétude coutumière.

Lætitia pouffa. Puis elle s'esclaffa franchement. Face à l'absurdité de l'idée qu'elle ait pondu un œuf, la jeune femme n'avait d'autre alternative, sinon cette question : où l'œuf aurait-il pu se tapir ? Après tout, elle était entrée ici dans le plus simple appareil…

Sans prévenir, une seconde vague de contractions, atroce, interrompit sa gaîté. Mais cette fois-ci, même pliée en deux, le front plissé sous l'effort qu'exigeait de rester debout, Lætitia garda sa lucidité : les yeux rivés sur son pubis, repoussant la voix inquiète qui la suppliait de fermer les paupières, elle attendit. Et ainsi quand sa douleur atteignit une acmé, elle poussa un hurlement d'effroi face à la seconde coquille qui émergea d'entre ses jambes. Fascinée, elle vit sa propre main se tendre pour accueillir l'œuf avant qu'il ne tombe à terre. L'instant d'après, elle se trouvait, immobile dans la cabine de douche, un œuf dans chaque main, toute hilarité ravalée. C'est même en tremblant qu'elle quitta son refuge en direction du lavabo où elle déposa les deux corps étrangers. Elle s'arrima ensuite au miroir, préparant la prochaine attaque de sorte que, deux minutes plus tard, le troisième œuf sorte presque facilement.

Lætitia reprit son souffle à grandes goulées, elle aspira l'air avec la même énergie que son corps avait engagé dans la ponte. Dévastée par l'incompréhension, elle attendit le retour des contractions pendant ce qui lui parut des heures, jusqu'à ce que le silence engloutisse entièrement ses halètements. Alors, elle se détendit un peu et regarda les trois globes posés devant elle. Ses trois premiers œufs.

Sa réaction, rationnelle, fut de penser qu'une femme ne pondait pas, qu'elle accouchait, mais de quel recours était la raison face à son expérience ? Elle n'allait certainement pas adresser un discours sentencieux aux trois œufs pour qu'ils s'en aillent. Elle était une femme-poule, il fallait s'y faire, conclut-elle et elle se mit à examiner son bas-ventre, dont avait jailli l'ennemi. Sans crier gare, elle s'imagina assise sur un nid en polystyrène à la cité des Sciences, un groupe d'enfants agglutinés contre une vitre en face d'elle, et elle crut voir leurs yeux avides qui la dévisageaient, impatients d'assister à un nouveau miracle... Une place humiliante, certes, mais qui lui assurait un travail à vie !

Cet accès de cynisme eut un mérite : il tira Lætitia de sa stupéfaction. De toutes ses qualités, celle dont elle était la plus fière était son refus de baisser les bras. Sa réputation voulait qu'elle garde le sourire envers et contre tout, et ce même quand ses amis lui confiaient – yeux dans les yeux – qu'elle en faisait trop. Cette résilience était peut-être sa meilleure alliée : Lætitia eut une bouffée d'orgueil à penser que tous ses détracteurs se seraient probablement effondrés dans la même situation !

Que faire, puisqu'il était inconcevable de se laisser abattre ? se demanda-t-elle. En regardant les trois œufs, elle leur trouva l'air bien insignifiant et elle conclut que le plus simple serait d'en finir avec eux. Elle se saisit à nouveau d'un des globes, le tâta pour vérifier qu'il ressemblait à n'importe quel autre, le soupesa pour juger de son poids : puis, elle fit mine d'armer son bras pour le jeter contre le carrelage. Elle avait déjà pris une inspiration pour mettre son plan à exécution quand le doute suspendit son geste. A vrai dire, les chances qu'elle se trompe n'étaient pas si faibles que ça. Elle venait d'avoir la preuve que la réalité n'obéissait pas aux seules lois connues, il était prématuré de tenter l'irréversible : si ce n'étaient pas seulement du jaune et des blancs qui s'écouleraient des coquilles, serait-elle prête à affronter ce qui sortirait à leur place ?

Finalement, Lætitia reposa l'œuf sur le lavabo et contempla son reflet dans le miroir, pensive. Quelle étrange matinée elle vivait là ! Ils étaient loin, ses rêves de goûter une heure de sommeil insouciante, quand elle avait lu l'heure au cadran du réveil. Elle se lança une œillade bravache, pour se mettre au défi de trouver une autre solution, et elle sourit en voyant une ride de concentration gravée sur son front, signe d'une méditation intense. C'est alors qu'elle trouva l'idée avec un i majuscule : un jogging matinal, à travers la brume fraîche du parc Monceau ! C'était son meilleur recours pour se vider l'esprit, une excellente manière de reprendre une journée à zéro. Exactement ce dont elle avait besoin ! En revenant, elle aurait suffisamment de recul pour les examiner avec plus de clarté et les œufs n'auraient qu'à bien se tenir ! Sitôt dit, sitôt fait : elle traversa l'appartement en trompe, déposa les trois plaisantins sur la table de la cuisine où ils l'attendraient sagement, et deux minutes plus tard, c'est une paire d'écouteurs vissés aux oreilles et enveloppée d'un sweat-shirt qu'elle s'apprêtait à quitter son appartement. Mais le quatrième spasme de la journée en décida autrement.

Lætitia refermait la porte de chez elle quand la douleur l'assaillit et elle tomba à genoux, le souffle coupé. À l'inverse de ses prédécesseurs, cet accès fut fulgurant au point que la douleur s'était envolée avant même que ses genoux n'aient touché le sol. Néanmoins, étourdie, Lætitia laissa passer quelques secondes avant de se redresser sur un coude et de poser la main entre ses cuisses : un renflement, non deux, non trois ! indiquaient que de nouveaux œufs venaient d'agrandir la fratrie.

Lætitia glissa sur le parquet avant de parvenir à se relever et elle dut s'y prendre à deux fois avant de trouver la serrure. Ce n'était pas la peur qui rendait ses gestes malhabiles ; non, c'était une fureur animale, primaire, la rage d'être frappée au moment précis où elle avait repris le contrôle d'elle-même. C'était intolérable ! Quand elle pénétra dans sa cuisine, elle arracha ses écouteurs avec tant de force qu'elle renversa son vase fétiche mais elle n'accorda qu'un regard à son explosion sur le sol. Ses yeux étaient fixés sur les trois premiers œufs qu'elle avait posés là, en attendant. Un glapissement de surprise lui échappa : aucun d'eux n'était intact. À leur place gisait une soupe informe où surnageaient des reflets jaunâtres au milieu des débris de coquille répandus.

À l'instant où elle avait tâté les trois nouveaux œufs à travers ses sous–vêtements, Lætitia avait senti son esprit basculer dans une frénésie que cette nouvelle découverte parachevait. Avec un hurlement guttural, elle extirpa les corps étrangers de son pantalon pour les jeter au milieu des cadavres de leurs frères, et se saisissant d'une spatule elle se mit à les écraser. Une joie mauvaise l'inonda, qui lui fit oublier la souffrance qui la traversait en même temps : car à chaque fois qu'elle détruisait un œuf, elle en pondait un nouveau et en même temps qu'elle s'abandonnait à cette destruction libératrice, elle piochait les nouveaux venus dans son pantalon pour les jeter sur la table et les détruire avec application. Et ainsi de suite.

Ce jeu barbare l'occupa longtemps. Elle ne s'arrêta qu'une fois hors d'haleine et sa table ressemblait à un champ de bataille : n'était sa couleur, le jaune d'œuf avait valeur de sang, coulé de ses victimes en charpie. On ne comptait plus les coquilles éventrées, déstructurées, si souvent malmenées qu'une poudre fine scintillait au milieu du marasme. Mais, en plein centre de ce carnage, trois œufs intacts attendaient encore leur tour.

« Il en viendra sans cesse d'autres, n'est-ce pas ? murmura Lætitia. Vous aimez bien ça, être par trois ? » Puis, comme le silence lui répondait : « Donc si je comprends bien, je n'ai pas le droit de porter la main sur vous, ni de m'éloigner ? Il faut que je vous trimballe partout, sinon vous me forcez la main ? Et vous trouvez ça drôle ? » À nouveau pas un bruit. Mais Lætitia hocha la tête comme si elle venait d'obtenir la réponse qu'elle attendait. « Eh bien, je n'ai pas envie de vous emmener courir. Je vais donc rester ici. Ce n'est pas de gaîté de cœur, mais vous m'y obligez. En contrepartie, vous allez me servir de petit déjeuner. »

Lætitia aurait été bien en peine de savoir d'où lui était venue l'idée : la grande poêle accrochée au mur chauffait déjà sur l'une des plaques vitrocéramiques. Lætitia vint se planter devant en pinçant les lèvres, soulevant l'un des trois œufs au-dessus de la fournaise. On aurait cru voir une enfant se racontant une histoire quand elle dit : « C'est le bûcher de l'inquisition qui t'attend mon coco ! » Puis, accompagnant son mouvement d'un rire diabolique, elle précipita la coquille contre le bord de la poêle, le brisant en deux. Indifférente à l'arrivée d'un remplaçant dans son pantalon, elle répandit le contenu sur la fonte en écoutant avec délice le crépitement qui s'en suivit puis, toujours hilare, elle condamna trois autres hérétiques au bûcher. Quelques coups de spatules plus loin, elle tenait ses œufs brouillés.

La jeune femme tira une satisfaction appréciable de sa première bouchée : elle avait un goût de revanche. Elle alla piocher dans son frigo un peu de jambon et de la confiture et mangea ainsi, adossée au plan de travail, grignotant à même la poêle tout en contemplant sa table souillée de jaune et de blanc. La guerre n'était pas finie, mais elle avait l'impression d'avoir gagné une première bataille. Restait que le combat suivant s'annonçait plus ardu : en terminant ses œufs, Lætitia jeta un œil à l'horloge au-dessus du réfrigérateur et vit qu'il était sept heures quarante. D'habitude, elle quittait l'appartement dix minutes plus tard pour attraper son métro et elle comprit qu'il fallait décider comment affronter la journée, avec ses nouveaux admirateurs collés au basque.

« Si j'ai bien compris, je n'ai pas le choix, dit-elle à voix haute. Je ne peux pas vous laisser ici, à la garderie, vous allez me faire une scène. » Du plan de travail où ils attendaient de connaître leur sort, les trois œufs ne bronchèrent pas. « Pour le dire autrement, vous me suivrez partout. La question est de savoir si c'est trop gênant. Si oui, je peux me faire porter pâle. Sinon, il va falloir que je trouve le moyen le plus discret de vous trimbaler, sans que vous m'empêchiez de travailler… »

Elle tambourinait de l'index et du majeur sur la lèvre tout en réfléchissant. Au fond, maintenant qu'elle se sentait en position de force, elle savait qu'elle ne supporterait pas de rester chez elle à cause des œufs : ce serait un cuisant aveu de faiblesse. De plus, que ferait de sa journée à part écumer les forums ésotériques, sur internet, en quête de témoignages sur des phénomènes similaires ? Quoique : elle pourrait profiter de la journée pour trouver de bons conseils auprès de personnes réelles. Mais qui ? Un ami ? Certainement pas, elle n'en avait pas d'assez proches pour leur faire cette confession. Sa sœur, il en était encore plus hors de question. La « Vieille Bergère » comme la surnommait cruellement la famille de Lætitia, était une bigote ; Mélanie passerait plus de temps à chercher la faute morale qu'avait commise sa cadette pour mériter ce châtiment qu'à lui trouver des solutions…

C'était décidé : Lætitia se comporterait comme si de rien n'était, aussi longtemps que possible ! Ce qui signifiait amener les œufs au travail ! En même temps qu'elle prenait sa décision, elle sentit une vague d'excitation la traverser : concilier la présence des œufs avec sa vie quotidienne était un jeu, aux règles absurdes certes mais un jeu quand même. Et elle se rengorgeait de l'idée que personne, sinon elle, n'était assez fou pour y prendre part – et gagner ! Eh bien soit, elle les emmènerait dans son sac à main, et aviserait ensuite : c'était tout le piquant du nouveau défi qu'elle se fixait !

Si l'on avait demandé à Lætitia Berger la chose la plus grave qui lui était arrivé, ce fameux mardi matin, elle aurait répondu sans hésiter qu'elle avait pondu des œufs, beaucoup d'œufs ; que ce pouvoir était dangereux car sa révélation ferait d'elle un phénomène de foire. En disant cela, cependant, elle se trompait : car le plus grave était qu'en voyant sa ponte comme le début d'une vendetta qu'elle refusait de perdre, une vendetta à laquelle elle était seule à pouvoir répondre, elle avait mis le doigt dans un engrenage vicieux. Le « jeu » comme elle l'avait elle-même défini allait vampiriser son attention, prendre le pas sur ses autres pensées. Et parce qu'elle ne supportait pas la défaite, elle allait se jeter dans la bataille avec une énergie redoublée à chaque faux-pas, quitte à faire dérailler sa santé.

Dans la rame du métro ce premier matin, il y eut un freinage trop brutal, une bousculade ; les œufs, dans son sac furent un peu malmenés et sans doute l'une d'eux glissa-t-il de la boîte où elle les avait cachés pour être écrasé dans la cohue ; la jeune femme pondit donc, en public. Autour d'elle, les gens étaient trop occupés à injurier le chauffeur et les transports public en général pour s'en rendre compte mais Lætitia en rougit de colère, car elle fut contrainte d'attendre six stations encore, debout au milieu d'une trentaine d'inconnus, sentant avec acuité l'excroissance qui déformait son jeans et la faisait craindre, à chaque instant, qu'on ne pointe le doigt vers elle. Premier incident d'une longue série.

Il y eut des réunions où elle ne put venir munie d'un sac à main, et elle en fut réduite à dissimuler les œufs dans une trousse noire, presque une trousse d'écolière, qui attira des regards surpris et condescendants de ses collègues ; elle faillit ensuite mourir de honte lorsqu'elle tapa sur les doigts de son voisin qui voulut y piocher un stylo sans lui demander son autorisation. Il y eut aussi cette soirée d'équipe où elle s'affala sur le chemin des toilettes car – un peu pompette – elle avait laissé son sac à main derrière elle et que les œufs le lui faisaient payer. Des collègues et les serveurs se précipitèrent pour la relever mais elle les chassa avec colère ; trois œufs palpitaient dans son pantalon dont elle ne voulait que personne ne s'approche. Et ainsi de suite. Les histoires ne manquèrent pas pour retracer sa descente aux enfers qui, de fil en aiguille, l'amena à une schizophrénie dangereuse : elle oscillait sans cesse entre un abattement profond et une rage sauvage. Son honneur en dépendait ! Que dire alors, de l'idée absurde qui la traversait parfois, celle de confier ses malheurs à quelqu'un ? Elle s'en punissait sévèrement. Pour maintenir vivace l'esprit de compétition qui ressemblait de plus en plus en instinct de survie, Lætitia se mitonnait, chaque matin, une omelette à partir des œufs de la veille. Elle réaffirmait ainsi sa déclaration de guerre à ses ennemis, donnait un coup de fouet à son moral, mais surtout maintenait l'illusion que la situation pouvait s'améliorer d'un jour sur l'autre. Puisqu'elle mangeait ses opposants de la veille, elle pouvait se convaincre que c'en étaient de nouveaux qu'elle affrontait– et si elle perdait peu à peu la conviction qu'il en vienne un jour de moins prompt à la punir de chaque écart, cela la rassérénait de se dire que les nouveaux œufs n'avaient pas la mémoire de ses déconfitures précédentes !

La situation se maintint ainsi, cahin-caha, pendant plus d'un mois. Lætitia sentait bien que son entourage s'inquiétait des changements dans son comportement mais à défaut de faire bonne figure, elle évitait de plus en plus les contacts avec eux. Puis vinrent ses premières vacances, qu'elle devait passer à la campagne, chez ses parents : une virée d'un mois prévue de longue date pour les aider à la cueillette des fruits. Et la situation bascula enfin.

Le moment que préférait Lætitia, quand elle partait en voyage, c'était celui de faire les bagages. Elle y accordait toute une soirée, celle qui précédait le départ et elle affectionnait d'organiser sa malle, d'y déposer ses vêtements bien en ordre, - à gauche, de bas en haut, les pantalons, les pull-overs et tricots pour finir par les T-shirt, la droite étant réservée aux sous-vêtements, affaires de toilettes et au matériel électronique-, mais surtout de défaire et refaire mille fois son choix parmi les vêtements qu'elle emmenait. Elle aimait tellement ce jeu-là que, pour la première fois depuis des semaines, il détourna entièrement son attention de ses tortionnaires pourtant posés sur une commode adjacente. D'ailleurs, quand elle termina sa sélection et qu'elle contempla sa valise ficelée, elle était radieuse. Ou du moins jusqu'à ce qu'elle se demande, comme le voulait la coutume, ce qu'elle avait pu oublier et qu'elle sut qu'il faudrait rouvrir la malle : les œufs manquaient. Elle ne pouvait les laisser derrière elle.

Pour la toute première fois, le désenchantement la fit pleurer. Des larmes de fureur et de frustration, se dit-elle pour préserver les apparences, même si elles avaient des allures de pleurs désespérés. Quelle qu'en soit l'essence exacte, l'eau qui lui coulait des yeux avait quelque chose de libérateur, Lætitia s'en rendit compte. Elle ne se priva donc pas de la verser, jusqu'à tant qu'elle se sente vidée, éreintée. Elle s'était si bien débarrassée d'un mois d'angoisse et de colère qu'elle eut même le force d'accepter l'inacceptable. Affalée sur le tapis, le corps harassé de fatigue, elle décida qu'elle parlerait à ses parents de ce qu'elle traversait, dès l'instant où elle les verrait. En soi, ce n'était pas une défaite, décida-t-elle, plutôt un revirement tactique. Ce qu'en sport on appelait un changement d'entraîneur. Cette pensée la réconforta suffisamment pour qu'elle s'endorme sur le champ, à même le sol, un sourire aux lèvres, un fait unique dans son existence.

Elle commença à regretter sa décision en ouvrant les yeux, le lendemain matin. Non à cause du mal de dos qui lui vrillait le coxis, ni parce qu'elle ne s'était pas débarbouillée et que du mascara maculait maintenant tout son tapis. Mais parce qu'en s'endormant, elle n'avait pas armé son réveil en vue d'attraper son train ; or elle avait dormi plus de quinze heures de rang, assez pour se réveiller après que le coup de sifflet du contrôleur ait retenti. Avec des gestes précipités, elle se rua donc sur son ordinateur, et jurant par tous les diables, elle déboursa la somme astronomique nécessaire à trouver un express dans l'après-midi. Tout en frappant les touches de son clavier, elle veillait à lutter contre l'amalgame, de croire qu'elle payait déjà sa décision d'avouer son secret à ses parents. Mais un malaise certain commença à bourgeonner.

Le retard de Lætitia ne l'avait pas seulement surprise elle-même : ses parents considéraient sa ponctualité comme une évidence. Quand elle leur annonça un décalage de six heures dans son arrivée, elle les mit dans l'embarras car ils étaient s'étaient engagés cet après-midi-là à aider un fermier voisin, grabataire, à élaguer les arbres de sa propriété. Dès lors, la jeune femme arriva dans une ferme vide, l'esprit tout retourné de cette arrivée manquée. Ses doutes n'en furent qu'exacerbés mais elle les noya dans le craquement joyeux des marches du grand escalier, puis en défaisant bruyamment ses bagages. Regarnir son armoire était presque aussi jouissif que de nourrir sa valise, si bien qu'elle se sentait mieux, une heure plus tard. Emportant les trois œufs qui lui avaient mené la vie dure, elle décida faire le tour de la propriété, seule. Elle comptait raviver ses souvenirs pour retrouver le calme.

Elle n'eut pas fait cinq pas sur la terrasse, qu'elle s'arrêta, surprise. À sa gauche s'ouvrait le poulailler familial, maigre basse-cour grillagée. Dans les souvenirs de Lætitia, il y avait toujours eu un coq et un petit harem, quatre ou cinq concubines au maximum, dans cette demeure caquetante. Mais elle ne s'attendait certainement pas à découvrir l'enclos vide, à l'exception d'une poule, couchée au milieu de la cage. Des petites maisons où dormaient les couveuses ne montait aucun bruit et en penchant la tête pour les sonder, Lætitia constata qu'elles étaient toutes vides. La poule solitaire était donc la dernière survivante.

Lætitia sonda ses souvenirs des dernières conversations qu'elle avait eues avec sa mère et ne se rappela pas qu'elle ait parlé d'une hécatombe dans le poulailler. Mais en même temps, se rappelait-elle, sur le mois passé, Lætitia avait évité d'appeler ses parents et quand elle le faisait, elle jacassait le plus possible pour donner l'impression que son existence était heureuse… en soi, elle n'avait plus laissé la parole à ses parents.

Avant de réfléchir à ce qu'elle faisait, Lætitia avait ouvert la porte de la cage pour s'approcher de la poule esseulée. Quand la jeune femme ne fut plus qu'à un pas, le gallinacé ouvrit un œil inquiet et lui adressa un caquètement menaçant. Les vieux réflexes de Lætitia ne s'étaient pas encore dilués : elle comprit que la poule couvait et qu'elle refusait qu'on s'approche. Sous l'emprise de cette réalisation, elle se pétrifia sur place, parcourue d'un vertige fabuleux. Inquiète de ne pas la voir reculer, la poule lui jeta un nouveau piaillement au visage mais Lætitia ne pouvait plus l'entendre, trop absorbée par une idée qui germait à toute vitesse.

Comment pouvait-elle ne pas y avoir pensé plus tôt ? pensa Lætitia. Sa malédiction voulait qu'elle ne puisse pas s'éloigner de ses œufs ni les détruire. Mais cet état de fait était tout à fait compatible avec la couvaison ! Rien n'empêchait Lætitia de garder, trois semaines durant, une poule à côté d'elle, qui couverait ses œufs, le temps qu'ils éclosent ! Bien sûr, les risques que les œufs refusent ce traitement existaient : cela leur déplairait peut-être d'être ainsi floués et exploseraient-ils comme ils aimaient à le faire souvent, au grand déplaisir de Lætitia ; peut-être aussi pondrait-elle à nouveau à l'instant où ils auraient éclos pour donner des poussins. Peut-être. Mais cela valait la peine d'essayer ! Surtout, cela lui donnait l'occasion de repousser encore le moment des aveux : l'occasion était unique !

Quand les parents Berger pénétrèrent dans leur salon en rentrant de leurs travaux d'élagage, ils ouvrirent des yeux ronds : ils découvrirent Lætitia bien installée, près de l'âtre, les pieds dans un coussin, un bon livre à la main et, au pied de son fauteuil, un caisson de bois dans lequel la dernière poule de la ferme était installée à son aise, dans un nid de paille.

« J'ai vu que votre poulailler s'est dégarni, annonça Lætitia d'un air dégagé. Et comme la poule avait pondue quatre œufs, j'ai décidé de la chouchouter pour qu'elle ait envie de les couver jusqu'au bout. Il faut ménager cette petite, si vous voulez repeupler le poulailler. »

« Quatre œufs ? Mais ce matin, elle n'en avait pondu qu'un ! Ils n'auront pas pu être fécondés, le coq est mort avant-hier ! »

C'est tout ce que Madame Berger trouva à répondre à l'étrange annonce de sa fille. Lætitia ne leur avait même pas dit bonjour et les accueillait d'une manière si extravagante que la mère de famille ne savait pas quoi dire. Et ce n'était que le début de sa surprise car Lætitia souleva un sourcil énigmatique en disant : « Qui sait ? Il y a des miracles parfois ! »

Pauvres Berger ! Quelle étrange fille ils côtoyèrent ces semaines-là. Elle n'avait rien perdu de son entrain ni du cœur qu'elle savait mettre à l'ouvrage. Au contraire, elle cueillit les fruits avec une frénésie redoublée, comme si les ailes de Mercure lui avaient poussé aux talons et la portaient d'arbre en arbre. Mais dans le même temps, elle ne se séparait plus de sa poule, qu'elle emmenait à la cueillette comme un talisman. Elle tenait même à ce qu'elle dorme au pied de son lit et s'empourprait chaque fois qu'on lui faisait des remarques sur cette compagne inappropriée. Le père Berger renonça au bout de quelques jours à se battre pour que le gallinacé quitte la table au moment des repas, y compris le dimanche, où la poule était imposée comme convive. Lorsque Mélanie, l'aînée, vint la troisième semaine, elle ne se priva pas de railler sa sœur sur sa nouvelle manie. Mais les critiques ne touchaient pas Lætitia.

Enfin ce fut le vingt-et-unième jour, celui de l'éclosion. Pour la première fois depuis qu'elle habitait de nouveau chez ses parents, Lætitia eut beaucoup de mal à s'endormir. En se mettant au lit, elle rejoua ses vingt jours campagnards avec inquiétude ; certes, elle avait apprécié de retrouver sa vie d'enfant, de grimper aux arbres et de marcher en silence dans les travées grossières des champs ; mais elle repensa surtout aux coups d'œil inquiets qu'elle avait surpris entre ses parents quand elle entrait dans une pièce, son carton sous le bras, ou aux remarques bien senties des paysans à ce sujet – à la campagne, on ne s'encombrait pas de tact.

Elle revivait toute son aventure et se demandait si elle ne s'était pas créée une réputation d'excentrique en pure perte : quand le lendemain, elle réaliserait que les œufs n'avaient pas germé, qu'elle le sentirait exploser sous ses doigts et jaillir dans sa culotte, elle ne savait pas si elle s'en relèverait. Il fallut toute sa gaité pour repousser les visions de la folie qui l'assaillirait. Bien sûr, elle pourrait revenir à son plan de départ, celui de parler à ses parents, de leur confier ses malheurs. Mais lorsqu'elle avait eu son épiphanie au sujet de la couvaison, Lætitia avait été sûre de trouver la solution à tous ses problèmes, celle qui lui éviterait d'avouer sa malédiction. Devoir s'y résoudre malgré tout était trop humiliant… Ainsi tournaient les pensées dans sa tête et ce jusqu'à l'aurore. Là, épuisée, elle s'effondra enfin sur son oreiller et dormit d'un sommeil de plomb.

Ce fut un cri qui la réveilla, si strident qu'elle bondit hors du lit. Elle avait tant gigotté pendant la nuit qu'elle avait mis sa chambre sens dessus-dessous : sa couette était entortillée, les oreillers balancés dans une semi-torpeur jonchaient le sol. Et devant ses yeux papillonnant de sommeil se tenait Madame Berger, sa mère, qui venait d'ouvrir la porte et qui contemplait horrifiée une poule et trois poussins aux couleurs criardes, l'un vert, l'autre bleu et le dernier rouge comme une tomate trop mûre.

Il ne fallut qu'un instant à Lætitia pour comprendre ce qui s'était passé, une demi-seconde qui s'éternisa tandis qu'elle rencontrait le regard stupéfait de sa mère. Puis tout lui revint : sa malédiction, les œufs qu'elle avait indéfiniment détruits et qui ressuscitaient pour rendre sa vie impossible, ces œufs qu'elle avait fait couver à une poule pour s'en débarrasser. Finalement, elle ne s'était pas trompée sur la capacité de la poule à transformer ses tortionnaires, mais ce n'était que pour rendre son humiliation plus grande. Alors elle fondit en larmes de crocodiles.

Monsieur Berger accourut alors à son tour, les cheveux hirsutes, l'air encore endormi. Depuis les six ans de Lætitia, il ne l'avait jamais vue pleurer et il en fut plus touché que de voir trois poussins picorer son plancher, accoutré de plumes aux couleurs impossibles. Sur ce dernier point, cependant, il voulut poser quelques questions mais sa fille ne lui en laissa pas le temps : entre deux sanglots, elle se lança dans une confession circonstanciée de son martyr, l'histoire de trois corps étrangers qui l'avaient rendue folle. Les poussins étaient la preuve qu'elle ne pouvait plus échapper à sa malédiction : lorsque les voisins verraient ces monstres, l'histoire de sa déchéance ferait le tour du voisinage, sanglota-t-elle.

Monsieur Berger resta silencieux puis il s'approcha des poussins et d'un geste sûr, leur brisa la nuque. Lætitia eut un hoquet horrifié et son premier réflexe fut de plaquer sa main sur son bas-ventre, pour voir si d'autres œufs surgissaient. Mais il n'en fut rien. Ses œufs s'étaient mués en poussins et ceux-là étaient morts. Il n'y en aurait pas d'autres.

« Personne ne verra ces poussins, ma fille, si nous les mangeons dès ce midi. Et tu n'as pas à avoir honte de les avoir pondus. Tu n'y peux rien. »

Ils mangèrent bien les poussins, qui furent délicieux. Et Lætitia passa une semaine fameuse chez ses parents, l'esprit libre de tout chagrin.

Paris, 2015

Le diable de Seebach

Dans la vallée d'Arroches-Visélain nichait autrefois Seebach, dont ne subsistent aujourd'hui que des ruines. On n'y compta jamais plus de quarante Âmes : c'était un hameau de rien du tout, à peine quelques chaumières à flanc de collines, un troupeau de maison qui paissait loin des grandes routes et n'intéressait personne. D'ailleurs son destin aurait pu être celui de ses voisins, quelques siècles d'une paysannerie paisible puis un glissement naturel dans l'oubli, si au seizième siècle des rumeurs n'avaient couru d'un bout à l'autre de la vallée ; son nom fut alors associé à une histoire effrayante qui lui offrit l'immortalité.

Le décor du mythe est une auberge. De loin, ce n'était qu'une chaumière un peu plus grande que les autres, festonnée des mêmes tuiles rouges que ses voisines. Mais il ne fallait pas se fier au regard pour deviner son importance, plutôt ouvrir ses narines car, de jour comme de nuit, sa cheminée diffusait une odeur à faire saliver les morts. C'est bien simple, tous les villages des environs s'y donnaient rendez-vous pour dîner et la réputation de l'établissement attirait aussi, de temps à autre, quelque voyageur.

Un soir, il vint un étranger un peu débonnaire, joufflu et à l'œil vif. L'homme en question — appelons-le par son nom, Bérenger Desurcot — n'était plus dans la force de l'âge, il avait fait bien des voyages pour le compte d'hommes puissants et avait appris à s'accommoder de sa vie de pèlerin en s'intéressant aux gens. Il avait dans sa poche un carnet à la couverture de cuir où il consignait ses entretiens les plus savoureux, carnet qui lui valait l'admiration de ses amis. Car Bérenger avait de l'esprit et il pouvait, en lisant quelques pages de ces souvenirs de voyage, divertir la plus triste assemblée. En entrant dans l'auberge, il demanda donc à ce qu'on l'assît à une table d'où il pourrait observer toute l'auberge et, sitôt fait, il plissa les yeux pour trouver qui pourrait lui inspirer une nouvelle chronique.

Ce soir-là, l'homme qui l'intrigua avait des traits communs, presque vulgaires. Il était assis tout seul, au fond de l'auberge où il buvait sa bière, silencieusement. Il y en avait d'autres, dans l'auberge, des hommes qui dînaient en solitaire, Bérenger lui-même en attestait, mais celui-là était plutôt exilé comprit-il après l'avoir longuement détaillé. Non content d'être seul à sa table, il semblait faire s'éloigner les autres convives. Dans l'auberge, les tables étaient ramassées les unes contre les autres, sauf autour de lui : on semblait lui avoir ménagé un espace confortable. Et si, sur sa table il ne montait plus de volutes de fumée de son assiette, personne ne venait le desservir.

Bérenger saisit le bras de l'aubergiste.

« Qui est cet homme que tout le monde fuit ? Un étranger ? » s'enquit-il.

La femme baissa la voix en jetant une œillade inquiète vers l'inconnu.

« C'est pas vraiment un étranger et en même temps, c'en est un. Il est d'ici, de Seebach, mais il y a pas vécu longtemps. Y a des années, il allait à la ville, avec son père, pour vendre du fromage et il s'est entiché d'une gourgandine. On sait pas comment il l'a séduite, vu qu'il était pauvre mais il l'a eue, et on l'a plus vu pendant longtemps. C'est il y a deux hivers qu'il est revenu. Tout seul, et les poches pleines d'or. Faut croire que sa femme est morte, même s'il en parle jamais. Pour l'or, on sait pas trop où il l'a trouvé mais les mauvaises langues ont des idées, là-dessus. La journée, on sait pas ce qu'il fait : il travaille pas aux champs avec les autres. Mais tous les soirs, il vient ici. il fait un peu peur à tout le monde. C'est sa main, surtout, qui fait froid dans le dos. On sait pas ce qu'il cache sous ses bandes mais ç'a pas l'air beau à voir. »

A ces mots, le voyageur tendit le cou pour mieux examiner l'inconnu. Il vit alors qu'à moitié dissimulé par l'écuelle sur la table, son avant-bras était enveloppé d'un bandage de toile jaunâtre qui cachait mal une protubérance, dans la paume. De cette drôle de mitaine dépassaient cinq doigts crasseux qui caressaient doucement l'excroissance, sans que l'homme y prête vraiment attention. Son regard était vissé sur la table et il devait ruminer de bien sombres pensées.

« Y a des gens qui disent que c'était un voleur, et qu'on lui a fondu une pièce d'or sur la main. Moi, je préfère pas savoir. De toute façon, il vous dira rien sur ce qui lui est arrivé. Il parle à personne, ici. »

Bérenger remercia l'aubergiste d'un hochement de tête et tandis qu'elle retournait en cuisine, il couva l'étrange personnage d'un regard gourmand. Prétendre que l'inconnu ne parlerait pas, évoquer les mystères qui l'entouraient : il n'en fallait pas plus pour le convaincre que c'était la cible idéale. Avec naturel, il quitta donc son banc et s'approcha de la table de l'inconnu. L'homme ne releva la tête qu'une fois Bérenger devant lui et il accueillit d'un grognement la proposition de partager sa table. Bérenger s'en contenta.

« Je n'aime pas dîner seul, annonça l'arrivant en prenant ses aises. Là d'où je viens, on dit qu'il n'y a rien de plus triste qu'une soirée sans causer mais je ne suis pas d'accord. Pour moi, le plus terrible, c'est de ne pas être en bonne compagnie. On n'a pas besoin de jaser pour savoir reconnaître un agréable compère. Qu'il parle ou qu'il ne parle pas, qu'importe ! pourvu qu'il reste avec nous. »

Le visage de l'inconnu était encadré de cheveux noirs mi-longs qui, de près, lui donnaient des airs inquiétants. Qu'on ajoute à cela qu'il fronçait les sourcils et plissait les yeux en écoutant le babil de Bérenger et l'on devinera l'impression inhospitalière qu'il fit au voyageur : celui-ci en conclut que son voisin ne goûtait pas ses compliments et changea de tactique.

« Ne nous sommes-nous jamais rencontrés ? demanda-t-il alors. Je voyage beaucoup et j'ai l'impression de vous connaître. »

Toute fictive que fusse l'allégation, elle fit mouche. Le regard de l'inconnu se durcit et une lueur la traversa – colère ou peur ?.

« Quand ça ? gronda-t-il. Où ?

— Je ne sais pas, justement ! Ma mémoire ressemble à un panier percé. A peine remplie, et hop... » il fit un geste avec ses doigts. « ... tout est oublié. C'est pour cela, je pensais que vous pourriez...

— Pourriez quoi ? Je n'y peux rien si vous êtes vieux.

— Je m'en doute ! rit Bérenger. Je ne m'attends pas à ce que vous me guérissiez. Mais permettez que je vous pose quelques question... Etait-ce à Sarsebourg que nous nous croisés ? Ou plus loin encore, à Breckendorf peut-être ? Ce sont les villes où je vais souvent, mais il y en a d'autres, bien d'autres où j'aurais pu vous côtoyer. Certaines où je ne suis venu qu'une fois. Haguelsheim, par exemple, ou Brichbach... »

Il jetait les noms comme des hameçons, guettant un tic sur le visage de son sombre interlocuteur pour savoir qu'il visait juste. Il en fut pour ses frais, à première vue : certes, l'inconnu se renfrognait mais l'inquiétude qui l'avait fugitivement secoué tardait à revenir. Après que Bérenger eut évoqué le nom de Brichbach, il eut cependant un étrange mouvement : il leva sa main bandée et agita les doigts en direction du voyageur. Cela ressemblait à un geste d'invitation à s'approcher, mais il était accompagné d'un marmonnement, à mi-voix, et soudain Bérenger s'interrompit en pleine phrase : un frisson glacé lui avait couru de l'échine à l'orteil.

« Que faites-vous, de la magie noire ? » dit-il avec un air alarmé en se levant à demi. Malgré son émoi, il parlait à voix basse, de peur d'être entendu. Un homme qui aime être au centre de l'attention sait bien l'effet que produisent des mots comme « magie noire » dans une taverne.

« Et alors ? ricana l'autre. C'est un sort de rien du tout pour savoir si vous mentez. Maintenant, je suis fixé. Vous pouvez vous calmer, il ne vous arrivera rien. Et rasseyez-vous, menteur, vos vieux genoux méritent de se reposer encore un peu.

— Que… Comment ?... Je ne vous permets… »

Mais, tout en balbutiant, Bérenger obéit à l'invitation railleuse : c'était bien la preuve que sa superbe s'était envolée. A vrai dire, l'envoûtement dont il avait été la cible l'avait chamboulé : il n'avait jamais vu de magie à l'œuvre mais en parlait beaucoup, car c'était à la mode, dans la bourgeoisie. Les on-dit attribuaient les pouvoirs les plus extravagants à des hommes à la mine glauque, qui sévissaient dans des endroits reculés. Pour ne pas être en reste, Bérenger avait lui-même prétendu en avoir rencontrés et ses propres récits, nourris des rumeurs glaçantes, avait fini par le terrifier.

Pendant ce temps, l'inconnu donna l'impression de se transformer : son front s'affaissa, ses épaules se relâchèrent et, comme si chaque seconde lui jetait une année au visage, il se replia sur lui-même. Bientôt, il s'était tassé comme un vieillard que le temps a détroussé et, jetant un œil larmoyant vers Bérenger, il leva sa chope comme pour trinquer.

« Quelle ironie ! soupira-t-il. Me voilà triste que vous mentiez. Cela fait deux ans que je suis revenu ici, deux ans que je me cache chez ces culs-terreux parce que j'ai peur qu'on me retrouve. Vous êtes le premier que je soupçonne d'être sur mes traces, ma première menace. Pas très convaincante, c'est vrai, vous n'avez pas l'allure d'un tueur, mais votre dégaine serait le meilleur déguisement pour m'approcher. » Il avala une gorgée de sa bière et quand il reposa sa chope, Bérenger vit une larme dévaler sa joue. « Oui, tout compte fait, j'aurais préféré que vous soyez là pour me prendre. M'emprisonner. M'amener à la mort. »

Après cette sortie, l'inconnu sombra dans un silence profond, l'œil dans le vague, et Bérenger mit ses longues secondes à profit pour trancher son dilemme : partir ou chercher à en savoir plus ? Cet homme pratiquait la magie, mais ne s'en contenait pas puisqu'il parlait de tueurs à ses trousses ; à bien des égards, il semblait plus dangereux que tous ceux à qui le vieux voyageur avait extorqué leur histoire et il ne serait pas prudent d'en savoir plus. Mais dans le même temps, sa curiosité demeurait en éveil.

« Qui vous recherche ? s'entendit-il alors demander.

—Vous voulez me voler mon histoire, n'est-ce pas ? Ne jouez pas la surprise, je l'ai lu en vous toute à l'heure, je sais pour votre carnet, vos récits de pacotille pour amuser votre cercle. Vous croyez que j'ai envie de vous donner la mienne ? » Il marqua une pause puis ajouta, d'une voix plus grave : « Il y a une heure, j'aurais dit non. Mais vous m'avez transformé sans le vouloir, monsieur Desurcot. Vous m'avez appris que j'en ai assez d'attendre ici, chaque soir. La route m'appelle, toute dangereuse qu'elle soit et tant pis si mon secret est éventé, il ne courra pas assez vite pour me rattraper. Je vais donc vous raconter ma vie… ce sera votre salaire pour m'avoir ouvert les yeux ! » Ce dernier trait lui arracha un sourire sinistre. « Et comme vous le verrez, ouvrir les yeux était la seule médecine dont j'ai besoin. »

L'inconnu se redressa.

« Notez bien, Bérenger, n'oubliez rien. Mon histoire commence lorsque je suis parti vivre à la Belsendorf il y a vingt ans. Je détestais Seebach et ses vieux paysans, mais je suis avant tout parti par amour, pour la fille d'un boulanger sur qui couraient des rumeurs grossières et injustes. C'était l'être le plus doux que j'aie connu. Je l'ai épousée et au bout de deux ans de mariage, nous sommes partis plus loin encore, vers une ville où vivre en inconnus, où les murmures n'empesteraient plus l'air. C'est comme ça que nous avons traversé les montagnes vers Brichbach, dont vous parliez toute à l'heure. La ville aurait probablement été notre paradis si ma femme n'était pas tombée malade en voyage, à cause du froid. J'ai à peine eu le temps de l'installer dans un appartement minable, plein de courant d'air qu'elle mourait. »

La voix de l'homme trembla, révélant une douleur que le temps n'avait pas guérie. Mais avant que Bérenger pût ouvrir la bouche pour présenter ses condoléances, l'homme reprit son récit.

« Pendant la fin du voyage, je m'étais voué à tous les saints du monde pour la sauver. A son chevet, les derniers jours, j'ai fait venir les meilleurs médecins et des prêtres qui pourraient prier pour elle. Ça n'avait pas suffi. Alors, désespéré, quand elle est morte, je me suis tourné vers le seul que j'avais encore ignoré : le Diable. »

Bérenger tressaillit mais ne dit rien. Suspendu aux lèvres de son interlocuteur il recueillait l'histoire.

« Je ne pensais pas que le grand Fourchu se déplacerait pour moi mais je me trompais. Il a répondu à mon appel. Il ne ressemblait pas à ce qu'on aurait pu attendre : ni griffes, ni cornes, une peau non pas purpurine mais blanche comme le lait. Si je n'avais pas été aveuglé par la douleur et étourdi de surprise à ce qu'il se présente, j'aurais su que c'était l'être le plus beau que j'avais jamais croisé. Et puis sa tunique... je n'en avais jamais vue de pareille, on aurait dit un prince russe, très sobre, sans fioriture, simplement des couleurs inconnues et des tissus d'une finesse rare...

« Il s'est avancé vers moi et m'a demandé ce que je désirais. J'ai répondu que je voulais revoir ma femme et il a hoché la tête. Il m'a demandé ce que j'avais à offrir et j'ai dit : quinze ans. Quinze ans que je passerais à son service, à obéir à ses ordres, à prendre la route pour lui, à faire de la magie noire sans jamais rechigner. Et au bout des quinze ans, il ramènerait ma femme d'entre les morts.

— Et il a accepté ? » gémit Bérenger.

L'inconnu acquiesça sombrement.

« Il a courbé le front et j'ai su que j'étais vendu au Démon. Puis il a décroché sa cape, en a enveloppé le corps de ma femme comme d'un linceul et quand il l'a relevée, mon épouse s'était volatilisée. Ainsi commençait le compte à rebours avant sa résurrection. Le lendemain, je reprenais la route à travers les montagnes comme esclave. Le début d'une errance interminable… dans des contrées glacées, où je suis allé tourmenter des vierges jusqu'à les rendre folles, les menant au blasphème, à la sorcellerie et pire encore parfois… dans de vieilles fermes où je servais de scribes aux contrats les plus infâmes … en regard de ce que certains hommes, cruels, braillards, pouvaient donner contre un méfait ou un meurtre, je pensais m'en être tiré à faible compte… je me faufilais aussi dans des palais princiers en profitant de mes dehors insignifiants et j'empoisonnais les convives d'un dîner en répandant des poudres dans une marmite… puis je guérissais par la magie mes victimes, contre des contreparties sinistres.

« La seule chose que je ne fis jamais, durant cette période, ce fut de me plaindre ou rechigner. Au fond, j'étais sûr que le Diable avait traité avec moi parce que j'étais toujours fidèle à ma parole – et que je mesurais l'effet d'une trahison, la rupture de notre pacte suivie de mon abandon, brisé, sans espoir de revoir ma femme, avec pour seuls compagnons les souvenirs des sévices commis. Et de fait, j'effectuai mes tâches avec zèle, craintif de perdre la récompense de ma damnation, sans analyser les gestes que j'effectuais. Alors, de fil en aiguille, le respect naquit dans la pupille scrutatrice du Diable. »

L'homme à la main bandée s'arrêta un instant pour reprendre son souffle : il en profita pour porter à ses lèvres l'immense chope de bière posée près de lui et Bérenger vit que sa main tremblait faiblement : s'il venait d'avouer ses crimes d'une voix sûre, presque bravache, c'était pour s'encourager à mener son récit au bout. Mais les remords se lisaient dans son regard fuyant lorsqu'il reposa sa chope.

« Mais on ne peut pas traiter avec le Diable, n'est-ce pas ? commenta Bérenger

— La quatorzième année, le Diable me soumit à l'ultime épreuve. Il m'envoya à la cour d'un prince balte, aussi vieux que cruel, en me prévenant qu'ils avaient signé un contrat et que je serais à sa disposition toute une année. La dernière de ma vie de damnée. Là-bas, je devins vite l'arme préférée du prince et il ne passa pas un jour sans m'appeler à son chevet, qu'il faille assécher les puits d'une région où les paysans tardaient à payer leurs taxes ou bien faire trembler la terre ses jours de colère. En un mot : je fis souffrir plus de monde en un an qu'en l'ensemble des quatorze précédent et, pourtant, ma main n'hésita jamais.

« Et puis, un mois avant le terme de mon contrat infernal, le prince cessa soudain de m'appeler. Etonné de ma chance, je laissais traîner mon oreille et j'appris qu'il avait l'esprit ailleurs puisque, après des recherches difficiles, on avait trouvé une femme à la hauteur de ses exigences. Il était donc occupé à préparer l'office de ses noces. Mais je ne me réjouis pas longtemps de ce répit : une semaine plus tard, le Diable arriva au palais et m'annonça que je serais son serviteur personnel durant son séjour. Et pour cause, il était l'invité d'honneur du mariage, car il avait trouvé lui-même l'épouse du prince. »

Devant le regard haineux de son voisin, Bérenger se plaqua une main sur la bouche, foudroyé par une idée et l'homme baissa les yeux, incapable de soutenir l'horreur qui se lisait sur son visage.

« Vous avez déjà compris, continua-t-il, la voix brisée. Mais moi, à l'époque, j'avais été si loin dans le déni de moi-même, dans la violence, que mon esprit était rompu. Seule l'échéance, qui se rapprochait à grand pas, me gardait à peu près sain d'esprit et j'avais passé trop de temps loin de mon maître pour me rappeler sa finesse et sa cruauté. En prenant place à côté du démon, dans la basilique, j'étais donc loin d'imaginer que c'était ma propre femme, toute de blanc vêtue, qui s'avancerait vers l'autel. »

Dans l'auberge de Seebach, les conversations roulaient gaiment, les pots s'entrechoquaient, on tapait les cartes avec bonne humeur, et cette allégresse rendait plus sordide encore la stupeur à la table de Bérenger. Pauvre voyageur, qui se croyait prêt à entendre toutes les histoires : il venait de rencontrer une destinée si tragique qu'il ne tenait plus à connaître la suite. Mais c'était trop tard : maintenant que la confidence avait commencé, l'homme aux cheveux noirs voulait terminer. Ses lèvres, mues par le désespoir continuaient de remuer :

« Le Diable savait que les liens du mariage étaient rompus par la mort, il avait donc ressuscité ma femme en sachant qu'elle était désormais libre de se marier, même devant Dieu le Père. J'étais suffisamment coutumier de la magie noire pour lire les sorts supplémentaires tissés autour d'elle, ses souvenirs effacés pour qu'elle entre dans la basilique sans se rappeler de moi, sa docilité provoquée pour qu'elle baisse les yeux face au mari brutal qu'on lui avait choisie. Oh, tandis qu'elle avançait dans la basilique, je fus frappé au cœur d'autant plus violemment j'étais impuissant à faire quoi que ce soit : j'étais encore lié au Diable.

« Lui se délectait de chaque détail de ma douleur. Les rêves brisés qui m'avaient maintenu en vie quinze ans durant s'effondraient au rythme d'une interminable marche nuptiale et il le savait. Mais en même temps, il me sous-estimait. Car en dévisageant la défunte, aussi belle qu'au jour où elle m'avait quitté, en lisant les marques que les sortilèges du Démon avait laissées sur elle, je voyais aussi ce qu'elles ne pouvaient cacher : sa pureté. En m'initiant aux arts occultes, le Fourchu m'avait aussi appris à détecter ce dont il se méfiait, la sainteté, le divin, et malgré ma détresse à savoir que j'étais perdu, je me consolais de voir que l'âme de mon épouse n'était pas souillée par mon pacte diabolique. Et donc, si elle mourait, compris-je, elle n'irait pas dans les flammes de l'Enfer.

« Cette révélation me donna la force du désespoir. Avant que mon maître ait compris ce qui m'arrivait, je saisis une dague à ma ceinture et je tranchais la gorge de mon épouse et, cette fois-ci, son âme s'échappa pour de bon, emportée par les anges : usant des pouvoirs qui me restaient, je l'aidais à s'enfuir.

« Dans mon dos, les cris de fureur fusaient de partout, les dagues étaient dégainées, prêtes à me pourfendre. Mais tout s'immobilisa soudain. Imaginez, toute une basilique remplie de monde, soudainement transformé en parterre de statues. Plus un bruit, plus un soupir. Vous seul, au milieu de la scène, haletant, le couteau à la main, avec dans vos bras le corps sans vie de celle que vous adoriez. Et une seule autre silhouette qui se meut dans ce calme insoutenable.

— Le diable » souffla Bérenger.

L'homme acquiesça. Puis, avec une lenteur terrifiante, il se mit à délier le bandage autour de sa main. Bérenger sentit la panique l'assaillir mais un regard le cloua sur place : il avait demandé la vérité, il devait maintenant boire la coupe jusqu'à la lie. Finalement, l'homme retira totalement le bandage, cachant encore dans son poing contracté l'excroissance qui avait intrigué Bérenger un peu plus tôt.

« Quand le diable s'est approché de moi, j'ai senti dans la paume de ma main une brûlure si atroce que je n'avais plus la force de crier. J'abandonnai le corps de mon épouse pour saisir ma main qui semblait prendre feu et je reculai, horrifié. Car un œil y avait poussé L'œil de ma femme que je venais de tuer. »

Bérenger fixait le poing, toujours fermé, de l'inconnu, sachant maintenant ce qu'il renfermait. Un frisson le parcourut des pieds à la tête mais il ne put détourner les yeux.

« J'étais voué à l'enfer, me rappela le Diable. J'avais trop œuvré à son service pour espérer une rédemption et mon maître savait combien j'avais peur de ce qui m'attendait là-bas. Alors, il ne voulait pas m'y envoyer tout de suite. Je l'avais bien servi, je méritais cette récompense : la chance de fuir cette salle et mes assassins avant qu'on ne fonde sur moi. Charge à moi, après cela, de survivre quelque part, dans une bourgade si reculée, si oubliée, que les soldats du prince ne me retrouveraient pas. Mais il avait gravé l'œil de ma femme dans ma paume pour me rappeler mon orgueil, celui d'avoir marchandé pour seulement quinze ans ce qu'une éternité de servitude n'aurait suffi à m'obtenir. Puis il disparut et, honteux, plutôt qu'accepter la mort qui me tendait la main, j'ai profité que les hommes autour de moi soient encore figés pour déguerpir. Le diable ne s'était pas trompé. J'étais brisé, mais pas encore assez pour embrasser l'enfer.

« J'ai fui si loin qu'on ne m'a pas suivi. Je suis revenu aux terres de mes ancêtres et je m'y cache depuis. Ruminant dans cette auberge mes échecs, et contemplant, en silence, l'œil de celle que j'ai aimée. »

L'homme entrouvrit les doigts, juste assez pour que Bérenger distingue la courbure d'une orbe laiteuse et l'opulent voyageur détourna vivement les yeux, trop craintif à l'idée d'affronter le regard d'une mort. Aussi l'autre referma-t-il son poing et le reposa sur la table.

« Voilà mon histoire, conclut l'homme. Et maintenant, je vais me mettre en route. J'esquive mon châtiment depuis trop longtemps, ma quête est vaine. Oui, je pourrais attendre vingt ans encore, l'œil rivé sur celui de ma femme mais elle ne peut me voir, ni me sauver. Autant en finir.

— Il suffit de le demander. »

Une troisième voix, très douce, à droite des deux hommes, avait parlé. Nul, dans l'auberge, ne sembla remarquer celui qui était apparu à leur table, un homme au vêtement sombre, tissé avec un goût que Bérenger associait aux grands princes, aux traits fins et aux yeux de chats, hypnotiques, qui criaient son nom. Le voyageur ventripotent sentit ses lèvres se pétrifier dans sa bouche, pour l'empêcher de crier sa terreur – d'un simple regard, le Diable l'avait transformé en statue.

« Tu es enfin prêt à me suivre, murmura le Fourchu en dévisageant son ancien disciple. J'espérais te l'entendre dire… mais, une fois encore, tu surpasses tes prédécesseurs. Je pensais que tu t'apitoierais plus longtemps sur ton sort avant de plier l'échine… Enfin, épargne tes efforts, ne vas pas te
208

faire embrocher sur l'épée d'un sauvage, prends ma main et tout sera terminé. »

Avec une grâce terrifiante, le Démon déplia ses doigts, dans un geste d'invite. Alors, résigné, l'homme vaincu s'en saisit. Ni flammes, ni grondement de tonnerre : l'instant d'après, il avait disparu, dans l'indifférence de toute l'auberge, sinon celle de Bérenger. Le Diable, par contre se tenait encore là, la main encore suspendue au-dessus de la chope crasseuse à laquelle le damné avait bu toute la soirée, le poing serré, les yeux mi-clos comme s'il savourait quelque vision dont Bérenger ne pouvait deviner la teneur. De longues secondes plus tard, il rouvrit ses paupières et regarda le pauvre voyageur, toujours pétrifié.

« Je n'aurais pas misé sur toi, insignifiant mortel, dit-il. Et pourtant… toi qui venais grappiller une histoire pour tes ennuyeux amis, tu m'as ramené mon meilleur disciple. Je te dois des remerciements. Et comme je suis généreux, je vais même t'offrir un cadeau. Donne-moi ta main. »

A sa propre horreur, Bérenger vit sa main droite se lever d'elle-même et se poser sur la table. Le Démon regarda les lignes qui la striaient avec un soupir.

« Quel dommage d'effacer les marques d'une vie aussi sinistre, peuplée de malheur et de déception. Mais enfin… » Le diable ouvrit son poing et Bérenger eut un haut le cœur. Un globe oculaire, inerte, s'y trouvait. « … Voilà de quoi te rappeler cette nuit fabuleuse, pour que tu ne l'oublies jamais. »

Une douleur atroce traversa alors le voyageur trop curieux, une douleur à faire défaillir un mort et quand Bérenger reprit conscience, le Diable s'était envolé. Il était désormais seul à table, seul face au regard sans vie niché au creux de sa paume qui le fit hurler à mourir, avant de s'évanouir. C'est allongé dans les foins, sous la veille inquiète d'un paysan que Bérenger Desurcot fut ensuite ramené chez lui et sa femme veilla sur lui de longues semaines. La fièvre enfla et reflua sans logique, le laissant parfois bredouillant, souvent hagard. Mais au milieu du galimatias incohérent qu'il servait à ses visiteurs revenait sans cesse cette étrange histoire, qui donna corps à la légende que nous venons de conter : dans sa main, affirmait-il, l'œil d'une morte le dévisageait. Puis il tendait, pitoyable, sa main vide aux inconnus.

Paris, 2015

Un tribut au Roi de Fer

La légende raconte qu'en 1785, deux cavaliers dépassèrent le village de Bergsach pour s'enfoncer dans la forêt grimpant sur la colline voisine. Cette décision était téméraire car les contes les plus sinistres disaient les bois capables de dévorer les âmes perdues sur leurs sentiers et, qui plus est, le ciel était noir, l'air irrespirable et le roulement du tonnerre, dans le lointain, préfigurait une nuit furieuse. Mais ni la réputation de la forêt, ni les mauvais augures ne ralentirent les deux gentilshommes qui, au contraire piquèrent de plus belle les flancs des chevaux en pénétrant dans les sous-bois.

À voir filer les cavaliers, on attribuerait leur inconscience à l'âge : ni l'un, ni l'autre n'avait vingt ans et l'ardeur de la jeunesse se lisait sur leurs traits. A la vérité, pourtant, leur galop avait de plus graves motifs : l'héritier des Feichtern, portant le titre du Comte de Broux et qui se tenait en tête de l'expédition, avait le matin-même éclaboussé la poitrine du Duc d'Enguenien d'une tâche purpurine, au cours d'un duel. Maintenant, toute la maison de feu monsieur le Duc était à ses trousses car les duels d'honneur étaient hors-la-loi, si bien que les héritiers du défunt voulaient le pendre haut et court.

Pour l'heure, tout en filant à fond de train, monsieur de Feichtern laissait son esprit errer bien loin de la course-poursuite. Deux choses l'obnubilaient et la première, celle qui l'impressionnait le plus, était d'avoir tué un homme. Il s'entraînait au pistolet depuis son jeune âge avec la certitude de s'en servir un jour, mais en voyant expirer ce vieillard libidineux, en sachant que c'était lui-même, Antonin de Feichtern, qui avait fait basculer son sort, un vertige l'avait gagné tandis qu'il comprenait, pour la première fois, l'étendue véritable de sa puissance. Quelques heures plus tard, il n'avait pas encore déchanté et c'est gonflé de sa propre importance que le comte de Broux traversait maintenant la nuit. Dans les feulements des cieux, il entendait d'ailleurs l'écho de la violence dont il s'était fait messager et voulait s'en repaître avant que le temps ne diminue la vivacité de ses souvenirs.

La seconde obsession de monsieur de Feichtern, durant sa fuite, c'était la juste cause qui l'avait transformé en meurtrier. En l'occurrence, c'est parce que Monsieur d'Enguenien était un méchant homme, qui avait ourdi des dessins méprisables en voulant épouser la jeune Sibylle de Gourdès, de cinquante ans sa cadette, qu'Antonin l'avait souffleté et provoqué en duel. Seul le jeune homme pouvait se targuer d'éprouver des sentiments purs et nobles pour Sibylle, ce dont elle le payait d'un amour réciproque ; du côté du duc d'Enguenien, toute cette affaire répondait des pulsions haïssables de sa chair flétrie. C'est donc sans vergogne qu'Antonin attribuait sa victoire au salut de la vérité et de l'amour ! Et même s'il ne reverrait pas de sitôt Mademoiselle de Gourdès – l'exil l'y contraignait -, il se réjouissait de l'éclat dont son propre nom jouirait désormais à l'oreille chérie. Il était persuadé que cela suffirait à faire attendre Sibylle les années nécessaires à ce que la garde de son père se relâche ; alors Antonin reviendrait l'enlever et l'épouserait en secret. Leurs noces seraient célébrées dans une chapelle de montagne et ils auraient douze enfants !

Si les pensées de sa gloire et de son bonheur futur permettaient donc au Comte de Broux de galoper le sourire aux lèvres, son second, Célestin Harcourt, n'avait pas d'aussi belles distractions pour tromper le froid et l'inquiétude. Les formes torturées des arbres au bord du chemin n'étaient pas là non plus pour le tranquilliser, d'autant qu'en regardant par-dessus son épaule, comme il le faisait depuis le début de leur chevauchée, il leur trouvait des ressemblances avec des poursuivants bien humains. En même temps qu'il caracolait sur sa monture, il maudissait donc Monsieur de Feichtern. Non parce qu'il était effrayé de toute cette entreprise lui qui n'était pas froussard se rappelait-il, non ! S'il en voulait à Antonin, c'était parce qu'il abandonnait à Célestin le devoir d'être vigilant pour deux. Or sa concentration extrême lui faisait voir des ennemis tous les dix pas et il en était tout épuisé. D'ailleurs, quand l'orage éclata enfin et qu'une averse glacée l'enveloppa, ce fut la fatigue, certainement, et non la peur qui fit trembler sa voix.

« Rebroussons chemin ! » chevrota-t-il en arrêtant sa monture. La pluie était si violente que monsieur Harcourt ne voyait plus son compagnon. « Nous les avons semés maintenant ! Ils n'auront pas poussé plus loin que Lancros, et cette pluie les y aura arrêté. Revenons à Bergsach, nous traverserons la forêt à l'aurore ! »

Mais seul le redoublement de la pluie répondit à sa supplique. Alors, profitant que personne ne surprît le gentilhomme qu'il était dans cette inconfortable situation, il lâcha le plus long chapelet de jurons dont il eut mémoire. Puis, transi, il lança son cheval en avant pour rattraper monsieur de Feichtern.

Quelques galopades plus loin, le ciel mugit et la lumière aveugla Célestin : dans un grondement assourdissant, l'éclair vint s'abattre à quelques coudées seulement du jeune homme, qui sentit son cheval se cabrer. Heureusement, ses poings tétanisés sur les rennes le maintinrent arrimé aux mors comme à une planche de salut : sans cela, Célestin aurait été désarçonné. L'éclair déversait copieusement son éclat sur la clairière et les yeux exorbités du second, ronds et protubérants, se mirent à osciller de gauche à droite et de droite à gauche, balayant les alentours pour retrouver la silhouette du gaillard Antonin ! Et il le trouva alors, à dix pas, arrêté devant une pierre grosse comme le nez d'un géant. Mais son cri de triomphe s'étrangla dans sa gorge, car au sommet du roc, surplombant Célestin d'une hauteur de six pieds, il y avait une autre figure, encapuchonnée, vêtue de noir et dont la lumière fulgurante soulignait le menton pointu et la dague dans sa main relevée : pas de doute, il allait bondir sur le Comte d'une seconde à l'autre !

La lumière s'en vint et pour la première fois, Célestin reconnut de bon cœur que son courage faiblissait avec elle : le Comte était dans un guet-apens et il ne faudrait que quelques secondes avant qu'un cri glaçant, n'annonce la vengeance d'Enguenien. Célestin devait agir vite : puisque monsieur de Feichtern était perdu et qu'Antonin ne pouvait plus rien pour lui, il devait fuir immédiatement. Son trépas dépendait de sa réactivité. Hue dia !

Ce fut le sort, sans doute, qui poussa le cheval de Célestin à refuser d'obéir tandis que son cavalier le frappait pour forcer le demi-tour. Grâce à cela, le gentilhomme était encore idéalement placé quand un second éclair rompit les ténèbres en deux et, pour la seconde fois, il vit la silhouette encapuchonnée et Antonin près du rocher moussu. Mais chose étrange, dans les quelques instants qui s'étaient écoulés, aucun des deux n'avait bougé. Pire, l'inquiétant assaillant gardait le coude levé comme précédemment. Qu'attendait-il donc pour frapper ? commença à se demander Célestin quand le troisième coup de tonnerre l'interrompit en lui donnant la réponse : l'homme encapuchonné était d'une égale couleur, celle de la pierre, c'était une statue ! Monsieur de Feichtern s'en était visiblement aussi rendu compte, car il restait là, le nez levé vers elle et la dévisageait sous la rincée.

« Ne restons pas là à guetter cette statue et à nous faire tremper, hurla Célestin en arrivant près de son ami ! Faisons plutôt demi-tour et rejoignons la ville ! La tempête ne se calmera pas de sitôt ! »

Mais le Comte de Broux ne donna pas signe d'avoir écouté : au mépris de la pluie et du vent, il gardait la tête levée et l'éclat vacillant des éclairs révélaient un air d'admiration que son second ne s'expliquait pas.

« Tu connais Goethe, Célestin ? dit-il enfin.

- Goethe ? répéta Célestin, éberlué.

- Werther, les souffrances du jeune Werther ? Le plus beau livre qui m'ait été donné de lire ? »

Célestin manqua d'en tomber de sa selle. Monsieur de Feichtern avait-il perdu l'esprit? Ils étaient perdus au milieu d'une forêt terrifiante, secoués par une tempête, leur vêtements si imbibés d'eau qu'il serait douloureux de s'en défaire, leurs montures menaçaient à tout instant de les désarçonner et le Comte parlait littérature ?

« Bien sûr que j'ai lu Werther ! » Célestin décocha un regard mi-rageur, mi-inquiet à la statue encapuchonnée. Possédait-elle des propriétés magiques, avait-elle jeté monsieur de Feichtern dans la folie ? « Qu'est-ce que cela nous apporte ? Il faut filer. Repartons sur nos traces, si vous m'en croyez, avant de... »

Un éclair, en tombant, noya la fin de sa phrase. Si la chose était encore possible, la pluie redoubla d'intensité et Célestin eut une conscience encore plus aiguë de l'eau qui dégorgeait de son tricorne pour inonder son plastron. Mais le Comte, à côté de lui, eut l'air plus ravi que jamais.

« Goethe avait raison ! rit-il, en saisissant le bras de son second. Regarde le ciel, écoute-le hurler ! C'est de moi qu'il parle, de ce que j'ai accompli ! Comme chez Werther ! La nature, c'est le miroir de nos âmes, de nos tourments ! Ce déchaînement, c'est ma violence et celle de nos poursuivants, la colère des familles d'Enguenien et Gourdès ! Mais le destin nous avertit que nous ne devons pas baisser les bras. Nous sommes comme cette statue, Célestin, le bras levé malgré l'orage, stoïque dans l'adversité. Nous vaincrons ! »

Célestin l'écoutait débiter ces sornettes avec une stupeur horrifiée. Comment aurait-il pu deviner les chemins qu'empruntaient les pensées de son ami depuis quelques heures si bien qu'il en arrivait à cette divagation romantique. Ce qu'il vit à la place, c'est que le comte avait perdu l'esprit ! Et ainsi, lorsque Antonin sauta à bas de sa monture, il eut tout juste le réflexe d'en saisir les rennes pour éviter que l'animal, affolé, ne parte au grand galop.

« Que faites-vous, monsieur ? hurla-t-il.

- Je monte saluer mon miroir, mon alter ego. C'est un signe que nous le rencontrions ici, au milieu du danger. Je dois, je le sens, m'approcher de lui ! »

Sans égard pour la pluie qui devait rendre la roche traîtreusement glissante, l'orgueilleux jeune homme commença son escalade. Célestin, quant à lui, était perdu : prendre exemple sur son compagnon, il ne voulait s'y résoudre sans attacher les chevaux pour éviter qu'ils ne s'en aillent ; mais, de toute manière, parviendrait-il en approchant d'Antonin à le secouer assez fort pour qu'il recouvre ses esprits ? C'est alors que, titubant au sommet du rocher sous les assauts du vent, Antonin pivota vers son ami en s'écriant :

« C'était un signe, Célestin ! Il y a une grotte, je la vois d'ici ! Nous l'aurions manquée si vous avions contourné le rocher ! Mais j'ai eu raison de me fier à Werther, cette statue nous connaît, elle nous protège ! Elle se dresse là pour marquer l'entrée de la grotte où nous abriter. Nous pourrons passer la nuit ici !

- C'est hors de question, monsieur le Comte ! s'époumona le second. Il peut y avoir des bêtes sauvages dans cette grotte, il n'est pas sûr d'y dormir ! Revenez immédiatement ! »

- Ne me suis pas si tu as peur, prends les chevaux avec toi et file à Bergsach ! Moi, je descends dans la grotte. Adieu ! »

Avant que monsieur Harcourt pût proférer une réponse, Antonin bondit derrière le rocher et disparut de son champ de vision. La colère de Célestin put alors se déverser et le jeune homme associa les noms les plus obscènes au titre de Comte de Broux, éructant par-dessus les hurlements du vent et de la pluie. Qu'à cela ne tienne, Célestin allait prendre au mot l'ignoble ami pour qui il venait de risquer sa vie, il allait l'abandonner, sans demander son reste ! Et quand Antonin se rendrait compte que sa grotte stupide ne suffirait pas pour sa nuit, il n'aurait qu'à crier à tue-tête : Célestin serait loin ! Avec un sourire revanchard, il tira sur la bride du cheval de son maître et fit demi-tour.

Maintenant qu'il avait des pensées réconfortantes à ruminer —et son imagination se révélait fertile en visions d'Antonin, transi de froid, malade d'avoir passé la nuit sans feu, implorant son pardon —,

Célestin Harcourt trouva le chemin plus aisé qu'à l'aller. Bientôt se dessinèrent dans le lointain, révélées par le tonnerre, les masures de Bergsach et Célestin s'arrêta à la première sur sa route, gageant qu'elle était excentrée et peu repérable. Enivré encore de colère, cette précaution lui parut presque accessoire : les poursuivants fantomatiques, aperçus mille fois au cours de la journée du coin de l'œil, lui semblaient désormais une pure chimère, un enfantillage. L'aspect des deux pauvres hères qui lui ouvrirent la porte, apeurés par ses grands airs, le conforta dans l'idée qu'il n'avait rien à craindre là. Il eut à peine le temps de défaire ses vêtements et de les étendre devant la cheminée avant de se jeter sur un lit et s'endormit.

Lorsqu'il ouvrit les yeux, le soleil de midi scintillait au-dessus des arbres et son esprit de vigilance, revint au galop. Il n'en fut pas au point d'éprouver des scrupules à avoir abandonné Antonin de Feichtern en pleine forêt, mais il s'en voulut de ne pas avoir demandé à ses logeurs de le réveiller aux aurores : si les hommes à leurs trousses avaient repris leur traque, ils pouvaient très bien avoir comblé leur retard ! Le temps de se vêtir et il était déjà dehors. Sans égard pour l'herbe glissante et la terre meuble qui gênait la course de son cheval, il le poussa à repartir à fond de train. Le temps était compté ! Mais ses inquiétudes étaient infondées : tandis qu'il retrouvait le sentier emprunté la veille, il ne vit aucun signe alentours.

En un rien de temps, il fut de retour devant la statue : au détours d'un tournant, l'homme à la dague surgit, sur son étrange rocher. La tempête s'était calmée et la forêt ne bruissait plus que bruits d'oiseaux et du murmure des feuilles secouées par le vent, mais Célestin ne s'en réjouit pas longtemps : il eut beau crier, hurler, exiger sur tous les tons, il ne trouva pas signe d'Antonin de Feichtern dans les environs.

C'est alors qu'une brindille craqua derrière le jeune homme, qui bondit aussitôt sur sa monture, tirant sur le mords de toute la force de sa surprise et le cheval commença à se cabrer. Mais Célestin retrouva son calme en voyant un homme apparaître, qui portait du petit bois. Coiffé d'un chapeau à grands bords et vêtu simplement, l'homme était entièrement inoffensif.

« Pardon, seigneur ! s'excusa le forestier. Je ne pensais pas vous faire si grande impression !

– Ce n'est rien, répliqua sèchement Célestin. Je m'attendais à trouver quelqu'un d'autre... Ramasses-tu du bois depuis longtemps ?

– Le bois, je viens de m'y mettre, mais je m'active dans les parages depuis l'aurore !

– Depuis l'aurore ? » Célestin dévisagea le bonhomme, qui venait de poser son fagot et s'assit dessus, comme s'il prévoyait de parler longtemps. Il avait une figure honnête mais quelque chose dans le ton de sa voix avait dérangé Célestin. Peut-être était-ce son langage, trop soutenu pour être celui d'un simple paysan. Néanmoins, il demanda : « Aurais-tu vu passer un autre homme ce matin, un peu vêtu comme moi, avec un tricorne noir et des cheveux blonds ?

220

–Vous parlez de votre compagnon ! Je vous ai vus ensemble hier soir, sous la statue, pendant la tempête. Il est allé enlacer le roi Philippe puis il est parti pour la grotte. Vous par contre, vous avez fui.

– Quoi ? Comment ? Comment pouvez-vous...

– Comment je sais tout ça ? compléta le bonhomme en enlevant son chapeau pour se gratter la tête. Je n'ai pas de grand pouvoir, mon seigneur. J'étais là, c'est tout. Vous ne m'avez pas vu parce qu'il pleuvait trop, mais j'étais sous l'arbre. Je venais vérifier que ma statue n'avait rien. »

Le paysan offrit son plus beau sourire à Célestin, qui en eut froid dans le dos. L'impression ressentie un peu plus tôt se confirmait : derrière ses dehors balourds, le gaillard laissait entrevoir une ironie inquiétante, pleine d'intelligence. Tout ça ne présageait rien de bon. Resserrant sa prise sur la bride de sa monture, comme pour se convaincre qu'il était en sécurité, Célestin demanda d'une voix âpre :

« Et vous l'avez revu, ce matin ? Si vous l'avez déjà aperçu, vous n'avez aucun mal à le reconnaître.

– Ah non, je ne l'ai pas vu. Il est toujours dans la grotte. C'est aussi ce que j'ai dit à la cavalerie qui a déboulé ici, il y a deux heures. Eux aussi ils m'ont demandé si j'avais vu un noble et son canasson mais j'ai répondu : « il est dans la grotte et il en sortira pas de sitôt. Si vous voulez le voir, faudra l'y chercher. »... Là seule chose que je ne leur ai pas dite, c'est qu'ils n'étaient pas prêt d'en ressortir, eux non plus !

– Qu'est-ce que vous voulez dire ? bégaya Célestin, les poils de sa nuque hérissés. Qu'est-il arrivé à monsieur le Comte ?

– Ah, parce que votre ami est Comte ? Excusez du peu, mon seigneur, je ne pouvais pas savoir ! Mais je vais vous le dire, ce qu'il lui est arrivé… Je pourrais vous pousser à aller fouiner vous-même dans la grotte mais je sais reconnaître les peureux, qui n'oseront jamais y descendre alors à quoi bon vous y appâter ? » Il gratta sa barbe mal rasée, attrapa son chapeau et le pointa en direction de la statue. « Vous savez qui c'est ? »

La transition prit Célestin de court. Tellement qu'il ne releva pas les insultes à son honneur.

« Vous... vous avez dit que c'était un roi, le roi Philippe, mais je ne sais...

– C'est Philippe le Bel. Le roi de fer. Notre souverain à tous, il y a fort longtemps. Un sacré roi, si vous m'en croyez. Il se raconte beaucoup de chose à son sujet mais il y a une histoire que personne d'autre que moi ne connaît. C'est celle de cette forêt et elle concerne votre Comte. »

Il s'installa plus confortablement sur son fagot de bois.

« Philippe Le Bel y est passé, un jour, dans cette forêt. C'était il y a quatre cents ans et un paysan, encore plus mal fagoté que moi, se tenait là, précisément, à côté de ce rocher. Les soldats ont voulu l'écarter mais il l'a fixé le roi, droit dans les yeux, en disant qu'il demandait audience, pour le bien du

Royaume. Or, Philippe le Bel, ce n'était pas un roi comme les autres. On le surnommait le roi de Fer parce qu'il était dur mais aussi parce qu'il était juste, d'une certaine façon. Il savait écouter n'importe lequel de ses sujets, s'il le fallait et quelque chose dans la bravade du paysan l'a intrigué.

« Ce que le gars lui a expliqué alors, c'est une bien étrange histoire. Selon lui, les montagnes du royaume de France n'étaient pas toutes des montagnes, certaines étaient des géants bien vivants. Des géants millénaires, qui chaque fois qu'ils s'éveillaient, se battaient les uns contre les autres sans égard pour la nature alentours, des géants si forts qu'ils rasaient les forêts en marchant et qui dévoraient les humains par poignée entière. Quand ces géants-là se mettaient en branle, c'était un carnage. Mais la chance du roi de fer, c'est que les géants de son royaume dormaient encore à poings fermés. Ils étaient allongés à même le sol, depuis plus de six cents ans et la nature leur avait grimpé sur les flancs, les couvrant de mousse et de forêts. Cette colline, par exemple, expliqua le bonhomme au roi de fer, c'en était un, de géant. Mais le paysan avertit Philippe le Bel que ça ne dureraient pas éternellement parce qu'il allait bientôt se réveiller.

« Le roi fronça les sourcils, vous l'imaginez bien. L'histoire qu'on lui contait n'était pas très courante et ses conseillers, qui y voyaient des fadaises, attendaient qu'il éconduise le gênant paysan. Mais le roi de fer les surprit : plutôt que rire, il demanda ce que l'homme lui conseillait de faire, puisqu'il connaissait les géants, d'armer ses meilleurs soldats et de venir les tuer, tant qu'ils dormaient encore ? Ou de préparer une armée pour le combattre au réveil ?

« Le paysan secoua la tête. Les géants étaient trop coriaces pour craindre les hommes mais lui, le paysan, connaissait un moyen d'éviter qu'ils ne se réveillent jamais. Il suffisait que le peuple de France paie un tribut à son roi, un tribut en vies humaines et un peu d'or pour le paysan et sa famille. Les humains serviraient à nourrir le géant : si le roi précipitait tous les ans suffisamment d'hommes dans sa bouche, il aurait l'estomac rassasié et ne s'éveillerait jamais. Le roi de Fer réfléchit un long moment et demanda finalement au paysan de lui donner une preuve. Alors, le paysan l'emmena à la grotte où votre ami s'est terré hier soir. Il l'a posté à l'entrée et lui a dit d'écouter. Et soudain, il y a eu une grande exhalation, le souffle du géant qui dormait et Philippe le Bel a compris que ce n'étaient pas des mensonges. Il a scellé son accord avec le paysan en faisant dresser cette statue, pour que ses descendants se souviennent de leur pacte. La dague dans sa main évoque le sacrifice exigé pour son peuple.

« Depuis lors, un accord court de générations en générations, entre les souverains et ma famille, pour que les géants de France ne se réveillent pas. Chaque nouveau roi est entretenu du secret au moment de sa prise de pouvoir : on l'amène dans cette forêt, il voit la statue, il entend le souffle, après quoi il poursuit l'œuvre de son ancêtre et pourvoit au traitement des miens. J'ai des frères et des cousins un peu partout dans le royaume, qui s'occupent des autres géants. De temps en temps, on nous envoie des prisonniers que nous faisons descendre dans la grotte et qui n'en reviennent pas. Ainsi, l'équilibre est maintenu... Et quand des voyageurs perdus, comme votre ami, viennent à passer, on en profite aussi, ce sont des gourmandises supplémentaires pour nos immenses gloutons. »

Célestin écouta jusqu'au bout cet horrible discours, partagé entre de multiples émotions : horreur, hilarité, stupéfaction. Finalement, la voix tremblante, il murmura :

« Vous voulez dire qu'Antonin s'est précipité, de lui-même dans la bouche d'un géant ? Qu'il est mort ?

– C'est cela même. Et toute la compagnie qui le suivait a fait de même. Leurs chevaux sont à côté de la grotte, si vous ne voulez pas me croire.

– Amenez-y moi ! » exigea Célestin.

Le paysan se leva à son injonction, et rajusta son chapeau à large bords. Puis, il improvisa une courbette sans plus dissimuler son ironie : il n'y avait nulle trace de respect dans ses manières.

« Attachez vos chevaux et suivez-moi ! ordonna-t-il à Célestin.

Ils contournèrent le rocher surmonté de la statue, évitant des arbres aux gros troncs qui l'encerclaient sagement. À peine parvenue de l'autre côté, Célestin vit la grotte : c'était une énorme fissure qui s'ouvrait dans la terre et dont la paroi était suffisamment inégale pour qu'on puisse y descendre sans crainte. À côté, comme l'avait annoncé le paysan, huit chevaux broutaient sagement, attendant des cavaliers qui semblaient tarder à revenir. Un instant, Célestin contempla cette scène sans rien dire, puis un bruit terrible s'éleva autour de lui : un grondement guttural qui l'enveloppa et le força à reculer comme sous un assaut tandis qu'un souffle pestilentiel lui montait aux narines. Puis l'instant passa et le silence retomba entre la paysan et Célestin Harcourt. Le guide prit son chapeau et l'agita devant son nez pour chasser l'odeur.

« Notre ami digère, visiblement. Après neuf pièces de viande, pas étonnant qu'il rote autant ! »

Il n'avait pas fini de rire que Célestin avait détalé. Contournant à toute vitesse le rocher et la statue -le nez du géant - il attrapa son cheval et partit au galop sans oser se retourner. Ce qu'il advint de lui, nul ne le sait exactement : il survécut assez longtemps pour conter cette histoire, puis déploya tout ce qu'il lui restait de force pour disparaître des mémoires.

Certains prétendent pourtant qu'il revint, cinq plus tard, pour honorer la mémoire d'Antonin de Feichtern auprès de Sibylle Gourdès et les mauvaises langues affirment même qu'il espérait l'émouvoir assez pour réclamer sa main.

Mais ces bruits sont peut-être une légende : notre seule certitude, c'est que la jeune fille entra au couvent peu de temps après. Ainsi disparut du monde, définitivement, le souvenir de l'étrange duel dont elle avait été la cause et qui avait fait englouti, mystérieusement, dix hommes dans les ténèbres.

Paris, 2016

La cloche et le Koala

Dans la langue du pays, la cloche du monastère était appelée Mor'fen, ce qui pouvait signifier à la fois «mère», «épouse» ou plus généralement «femme».[1]

Le savoir populaire justifiait ce surnom de deux manières : certains soulignaient les similitudes de sa silhouette, évasée à la base et se resserrant à mi-hauteur, avec une robe de femme potelée, retenue à la taille par une ceinture de soie. Ils prétendaient même qu'en lieu et place du battant massif des autres cloches de la région, Mor'fen dissimulait sous ses jupes d'acier une version richement décorée et aux hanches bien pleines. D'autres disaient que le nom Mor'fen renvoyait à l'autorité de sa voix. En effet, l'un des enseignements transmis entre femmes du pays était celui d'appeler les hommes avec assurance parce qu'il fallait qu'ils abandonnent leurs outils sans demander leur reste au moment sacré du repas, où chacun apportait le fruit de son labeur et en refusait la propriété au profit du groupe. Le zèle de l'ouvrier à répondre à sa femme ne devait donc avoir d'égal que

---

[1] Pour expliquer qu'un même mot regroupât trois notions, il fallait interpréter les écritures sacrées, selon lesquelles la propriété était coupable de tous les maux, puisqu'elle engendrait la convoitise, qui engendrait en retour toutes sortes de débordements pour être assouvie ; un exégète de temps anciens avait fait valoir que c'était la *possession* par un mari qui distinguait la « femme » de l'« épouse » –il avait de même remarqué qu'une «mère» se glorifiait, dans sa dénomination, d'être seule maîtresse de son enfant. On avait donc légiféré : si le mariage se devait d'exister pour des questions morales évidentes, et si l'on ne pouvait empêcher les femmes de mettre bas, il était indécent que la langue célèbre les déviances auxquelles ces actes sacrés pouvaient mener. D'où la disparition subite des mots «mère» et «épouse», à force de fouet pour qui ne se pliait pas à la réforme linguistique.

l'ardeur du fidèle à se rendre à l'office. Bons pasteurs, les prêtres du monastère étaient très attentifs à la piété de leur troupeau et si un habitant manquait à l'appel après que la cloche eut sonné, c'était sans doute à cause de désirs impurs (dont la brebis galeuse n'était guérie qu'après des « entretiens d'expiation »). Il fallait donc accourir lorsque Mor'fen chantait, de jour comme de nuit, et encore plus vite que l'ouvrier appelé par sa femme.

On comprend en tous cas qu'indépendamment des raisons de son baptême, Mor'fen avait une place à part dans la vie de la population. Ainsi, lorsqu'une nuit ordinaire, vers trois heures du matin, sa voix se fit entendre, personne n'y resta indifférent.

On entendit son chant depuis l'embouchure de l'Oumpa jusqu'à l'orée de la Forêt Blanche, de la plaine du Maal jusqu'au fond de la vallée ; l'appel était aussi familier que le chant du ruisseau ou celui de l'alouette, et, la tête encore pleine de rêves, chacun se leva. Depuis l'enfance, ce comportement était ancré en eux, c'était presque l'un des fondements de la vie : dès qu'un enfant était en âge de comprendre, on lui apprenait la crainte et l'obéissance à Mor'fen. Hommes et femmes, adolescents et vieillards, on avait grandi en l'écoutant sonner, et quoique l'heure fût inhabituelle, il ne vint à l'idée de personne de désobéir à son injonction. Seulement, l'uniformité des actes ne reflétait pas la multitude des pensées.

Ormin, le Prêtre de la Cloche, était le premier surpris par l'appel et c'était la colère qui le dominait, pour l'heure. Qui osait à une heure pareille ? En dehors des heures usuelles de prière, tout appel, s'il n'était décidé par lui, devait nécessairement obtenir son approbation. Le misérable qui avait outrepassé son pouvoir serait exécuté sans autre forme de procès. Orbol, le Gardien des Remparts, Nemet, l'Intendant du Monastère, et Bahatmel, le Juge, accouraient eux aussi d'un pas d'autant plus vif et énervé qu'on ne les avait pas prévenus de ce rassemblement.

Pour sa part, Mahar, le Docte des Offices, s'inquiétait en nouant sa robe de cérémonie, toute de soie noire et bandes de velours : si l'appel avait souvent lieu peu après la tombée de la nuit, ou une heure avant l'aube, jamais -de mémoire de docte- Mor'fen n'avait sonné à une heure pareille. Il en allait de même pour Nesser, le Chef du Marché, qui avait recommandé à sa femme et ses deux filles d'arriver le plus tard possible, pour être prêtes à rebrousser chemin s'il le fallait. Nesser craignait le désordre par-dessus tout, désordre qui était synonyme de disputes, mésententes, sanctions, et perturbait le bon déroulement du commerce. Un événement si inhabituel, il le savait trop bien, pouvait semer le trouble dans les semaines à venir.

Au contraire, parmi les ouvriers dépossédés depuis longtemps de leur esprit critique, la majorité n'eut pas la moindre appréhension et répondit placidement à cette convocation parmi les convocations. De rares exceptions, qui avaient une once d'initiative ou un supplément d'éducation, conclurent que l'événement était prévu dans un calendrier astral quelconque, ou qu'il était inscrit dans l'une des sept-cent-quatre-vingt-trois tablettes de rites dont ils ne se souvenaient jamais complètement.

Les femmes et les vieillards suivaient les hommes, les enfants suivaient les femmes, même les chiens et les cochons avaient l'habitude de prendre part au rassemblement, les poulets restant seuls près des habitations, trop stupides ou peut-être trop sages pour participer à ces humaines agitations.

En définitive, seul Hagor, Chef des Gardes, se délectait du chant de Mor'fen parce que son instinct devinait qu'il y avait eu une infraction ; or, qui disait infraction disait répression, ce dont il avait l'honneur de se charger avec l'aide de sa Phalange, à qui le privilège de la violence était réservée. Hagor en tirait une satisfaction toute particulière, lui qui n'avait su trouver sa place dans le commerce ou les tâches ouvrières.

Ainsi, tous les fidèles cheminaient maintenant vers le temple de sorte que, depuis les cieux, l'aigle pouvait suivre leur convergence : des serpentins de lumière traversaient toute la vallée, rubans de torches vacillantes pointant vers un même centre et fusionnant au gré des sentiers et des routes. Vue d'en-haut, la procession des flambeaux devait être d'une beauté rare ; malheureusement, c'était la seule trace d'harmonie et de splendeur que contint cette nuit-là.

Il s'écoula peu de temps entre le premier coup de cloche et l'arrivée des plus fidèles les plus éloignés du monastère : l'habitude leur avait appris la vélocité. D'ailleurs, lorsque tous furent rassemblés, Mor'fen s'était déjà tue, et un silence de mort s'était installé devant les portes barricadées du temple. La tension des uns en profita pour gagner les autres : on s'échangeait à mi-voix des spéculations sur ce qui se passait, sur les raisons de l'appel, sur les portes fermées et sur l'immobilité des gardes. Puis les discussions inquiètes cessèrent unanimement : Ormin avait paru en haut des marches.

Il demeura immobile quelques instants. Si les sages avaient toujours banni l'idée d'un pouvoir exécutif, gageant que des lois bien écrites suffisaient à entretenir l'harmonie d'autrefois, ils n'avaient pu échapper à la nécessité d'être gouverné. Les lois avaient été par maintes fois complétées, allongées, précisées, durcies, et le pouvoir avait été symboliquement transféré au sacré. Cet au-delà regardait maintenant son troupeau par les yeux vitreux d'Ormin et la rapidité avec lesquelles bougeaient ces pupilles gageaient de sa fureur. Puis, il eut deux gestes précis de la main : le premier indiquait à Hagor d'entamer l'appel, de vérifier les noms, et de trouver ceux que l'absence condamnerait. Le second s'adressait à Mahar, lui intimant l'ordre de s'approcher. Le visage contrit, Mahar obtempéra.

« Ce n'est pas vous qui avez décidé d'organiser un office, Docte parmi les Doctes ? demanda-t-il lorsque l'autre fut assez près.

– Non ! J'allais poser la même question à votre Grandeur…

– Je n'ai rien demandé, le coupa sèchement Ormin. Si ce n'est ni vous ni moi, ce sont des rebelles qui voulaient préparer un acte séditieux en faisant sonner la cloche » décréta-t-il, en arrachant un petit cri d'effroi, presque comique, à Mahar.

A vrai dire, Ormin n'avait pas peur des rebelles. Passé l'hébétude de son réveil, il n'avait pas été long à deviner qu'aucun de ses dociles subalternes n'était la cause de la Convocation, ce qui amenait le curseur vers d'autres causes, forcément séditieuses. Et si Ormin était sûr de pouvoir vaincre la rébellion, elle ne l'en outrageait pas moins. Il détestait l'idée qu'on veuille se soustraire à son pouvoir, et à bien y réfléchir, il était presque heureux que la cloche ait sonné cette nuit : c'était le signe que les rebelles sortaient au grand jour, après que leurs ombres eussent planées des semaines durant sur son esprit, comme l'odeur putride d'un rat mort qu'on peine à dénicher. Le manque de pain, les punitions de plus en plus sévères engendraient des mécontents, et Ormin s'attendait à ce qu'ils prennent la parole pour les écraser. Il s'y était préparé en renforçant les pouvoirs et les munitions de Hagor.

« Des rebelles, Votre Grandeur, répéta finalement Mahar, Mais que…

– Il n'y a pas à s'inquiéter, Mahar, siffla Ormin. Retournez à votre place, et préparez-vous pour la suite. Quand j'aurai trouvé le coupable et qu'on s'occupera de lui, il faudra bien faire quelque chose de tous ces gens. Je vous les offre. Faites-moi une messe, Mahar. Taisez-vous et préparez-moi un bel office nocturne. Vous pourrez dire que c'est moi qui l'aie demandée, si vous trouvez une excuse qui sonne juste. »

Mahar se prosterna, atterré par l'ordre de son supérieur autant que par le peu de cas qu'il faisait d'une idée de rébellion. Comme le Grand Prêtre, Mahar pressentait la sédition depuis quelques semaines, mais il tremblait des conséquences. Contrairement au Chef parmi les Chefs, Mahar aimait ses brebis et l'idée qu'une seule d'entre elles perde la vie l'effrayait au point de pleurer parfois, en sortant d'un « entretien d'expiation ». Cependant, la perspective de cette messe précipitée, cette messe en trompe l'œil pour faire croire aux fidèles que tout cela était naturel, l'accaparait trop pour avoir des états d'âmes. Il rejoignit sa place parmi les hauts dignitaires avec, sur ses traits, le masque d'un homme qui doit défendre son territoire. Mais Nemet ne le laissa pas s'en tirer à si bon compte et se précipita pour l'assaillir de questions.

« Ce n'est pas Ormin qui a appelé à la messe, n'est-ce pas ? Ce n'est pas lui ? » Et voyant dans le regard effrayé de Mahar la confirmation de ses doutes, il se mit à répandre la nouvelle autour de lui malgré les dénégations du Docte des Offices.

Pendant ce temps, Hagor avait demandé à ses soldats les plus zélés de dénombrer la foule, pendant qu'il s'entretenait avec ses espions : ceux-ci avaient barricadé le beffroi du monastère dès qu'ils avaient pu et avaient ratissé les lieux de fond en comble. Mais ils avaient eu beau fouiller, renifler, soulever les pierres : nulle trace d'être humain n'avait été décelé. Face à un tel rapport, le maître de la garde renvoya ses hommes à leurs recherches et sa mauvaise humeur monta d'un cran en apprenant que personne ne manquait : toute la vallée s'était rassemblée, sans exception. Sans personne à corriger – même un innocent, pour cause d'un maigre retard – il dût donner l'ordre d'entrer dans le temple et le peuple obéit – suivis des doctes, suivis des prêtres dans une lente procession qui vida le parvis jusqu'à ce qu'il n'y reste plus que les troupeaux qui avaient suivi leur maître. Dans le temple, les lumières s'allumèrent tandis que les voix tendres des chantres s'élevaient en réponse aux prières hésitantes de Mahar.

La manière exacte dont la situation dévia, ensuite, n'a pas d'importance : un coup d'œil mal interprété par Hagor entre une paysanne et sa voisine – une maladresse d'un enfant de chœur qui renversa de l'encens en arrachant un cri au prêtre qu'il brûlait ? Quelle qu'en soit la cause, le temple se transforma en cohue et les gardes montèrent au créneau, imaginant une attaque ou prenant simplement plaisir à taper dans la mêlée. La boucherie fut d'autant plus sanglante que certains fermiers, craignant de devoir rentrer chez eux dans le noir et de rencontrer des brigands, avaient glissé une dague à leur ceinture : les morts se dénombrèrent par centaines et quelques prêtres furent même du nombre.

Pourtant, le moment le plus étrange de cette nuit ne se déroula pas dans l'antre saint profané par la violence, il eut lieu dehors, près des moutons, des procs et des chiens. Quelques minutes après qu'Ormin eut pénétré dans l'enceinte du temple, on vit en effet un koala glisser le long des murs en s'agrippant au lierre qui y poussait. En remontant du regard le chemin qu'il avait emprunté, on parvenait au beffroi où l'effervescence nocturne trouvait sa source. Passant près des bêtes qui paissaient, ignorantes des malheurs à venir, l'animal leva la tête et dit, bien qu'il sut qu'elles ne le comprendraient rien :

« J'avais choisi cette nuit pour leur dicter un nouveau texte saint. Agrippé au bourdon de cette cloche, j'ai appelé à moi les prêtres, sous la forme sacrée du koala. Mais il n'y a eu que des gardes pour venir me rendre visite et ils étaient tant occupés à fouiner qu'ils m'ont chassé. Tant pis pour eux. »

Ce qu'ayant dit, le koala s'en alla de sa démarche chaloupée. Et le premier cri d'agonie retentit dans l'enceinte du temple au moment où il disparut derrière un arbre.

Avec la collaboration de Thomas Chartier

Paris, 2016

Les songes oubliés

Note au lecteur :

Début 2020, je décidai de remanier pour la énième fois le manuscrit de Noxatra, un roman qui m'occupe l'esprit depuis près de vingt ans. Pour l'occasion, je voulus faire disparaître le personnage de Lindegarde, auquel j'étais pourtant très attaché. Plus tard dans l'année, je changeai d'avis et publiai Noxatra dans sa version précédente.

Cette nouvelle a été écrite dans l'intervalle, avant ce dernier revirement. La lecture de Noxatra en facilite sans doute la compréhension, en particulier à cause de certains mots de vocabulaires inventés.

Lindegarde ignore depuis quand elle se tient immobile sur la terrasse, à fixer les pavés en contrebas, lorsque des bruits de pas la tirent de sa rêverie. Avec lenteur, elle se tourne alors vers la porte vitrée où apparaît, quelques instants plus tard, une femme solidement charpentée dont le teint cramoisi témoigne des quatre étages qu'elle a gravis.

« Dame Lindegarde ! » s'écrie Résamunde en s'affalant contre le chambranle de la porte, une main posée sous son opulente poitrine. Elle s'offre le luxe d'aspirer quelques goulées d'air supplémentaires avant d'ajouter : « J'ai cru que vous étiez partie sans dire au revoir.

— Il n'y a plus de Dame qui tienne, la reprend Lindegarde. Ou alors c'est à moi de vous le servir,

Dame Résamunde. Mes titres sont à vous maintenant, il va falloir s'y faire. »

Le sourire qui accompagne ces derniers mots est franc, sincère, et tout juste s'accompagne-t-il d'une pointe de tristesse dans les yeux de Lindegarde. Mais la dénommée Résamunde ne semble pas s'en rendre compte, à voir ses joues virer pivoine.

« Je ne me moquais pas… bredouille-t-elle. Ce n'est pas…

– Je vous taquine, Résamunde. Combien de fois vous ai-je dit que je ne vous reproche rien ?… Si ce n'est d'imaginer que je fuirais en douce. Après toutes ces années, je mérite bien quelques effusions.

– C'est bien ce que j'ai pensé ! Mais comme il n'y avait pas trace de vous au temple de Waldenbaü ni dans les souterrains…

– Le doute a surgi, c'est normal » Le sourire de Lindegarde s'agrandit tandis que son regard se voile à nouveau. « Le temple, les souterrains je les connais par cœur à force mais cette terrasse… je voulais y monter une toute dernière fois, même si ça fait longtemps que je n'y figure plus. C'est là que mon nom a été prononcé la première fois… Malgré les réécritures, je n'ai pas oublié. » Elle s'agenouille brusquement et attrape la nuque d'un personnage imaginaire, gisant devant elle. « Je surveillais Abel pendant que mon mari sautait du balcon, au milieu de la foule, et comme personne ne pouvait me voir, j'empoisonnais ce pauvre garçon. » Elle marque une pause. « L'entrée en scène était cruelle… sans doute trop… mais non sans cachet. »

Résamunde n'a pas bougé pendant ce monologue mais ses lèvres ont tremblé et des larmes s'immiscent entre les rides au coin de ses yeux. Finalement, Lindegarde tend la main pour qu'elle l'aide à se relever.

« C'était un test, Résamunde, la gourmande Lindagrde quand elle se précipite. Une estervelienne ne s'abaisserait jamais ainsi.

– Les nobles ne porteraient pas assistance à quelqu'un dans votre état ? »

Résamunde fixe avec insistance le ventre subtilement bombé de Lindegarde et cette dernière en caresse l'ovale de manière protectrice.

« L'idée ne les effleureraient pas. Retenez la leçon, Résamunde, si vous voulez habiter vos chausses convenablement. Cette règle sera mon héritage. »

La petite femme replète hoche la tête avec une vigueur toute bonhomme, mais son regard, toujours rivé sur les premières marques de grossesse de Lindegarde, atteste qu'elle n'a écouté que d'une oreille.

« J'ai vraiment cru que je le verrais naître, ce gamin, dit-elle.

– Une affirmation cavalière, aux dernières nouvelles ce n'était pas le Plan. Dans la fin précédente, lui et moi nous faisions dévorer…

– Bien sûr, bien sûr… mais vous savez comment Il est, on L'a déjà vu bousculer Ses idées sur un coup de tête ! Et moi, je sais qu'Il a un faible pour Alaric.

J'imaginais bien un épilogue où vous seriez le nouveau-né dans vos bras...

– Vous avez raison sur une chose, coupe sèchement Lindegarde, Il n'a pas peur de chambouler toute Son histoire, quitte à se passer de moi, purement et simplement... Mais j'imagine qu'on vous a envoyée en éclaireuse pour me trouver, ne faisons pas s'impatienter les autres. Conduisez-moi, voulez-vous ? »

En dépit des mots, c'est plutôt Lindegarde qui traîne Résamunde hors la terrasse, moins par impatience de retrouver le reste des Quéranguois que détacher de son ventre les pupilles rondes que sa rustaude compagne y a aimanté et où elle croit lire de l'envie. N'est-ce pas suffisant que Résamunde ait survécu à Sa dernière purge en récupérant la majorité des responsabilités de Lindegarde, pense-t-elle avec amertume, elle aurait aussi voulu sa grossesse ? Eh bien, si l'Auteur décide de la lui offrir, Lindegarde espère être déjà loin pour n'en rien savoir. Jusqu'à preuve du contraire, Alaric lui appartient !

Le temps d'atteindre le bas des escaliers, heureusement, la paranoïa de Lindegarde est retombée et elle s'est recomposée une mine avenante tandis que Résamunde la mène à travers la ville, en bavardant. Apaisée, l'héroïne déchue mémorise au passage les splendeurs de la ville qu'elle abandonne, remplie de façades colorées et de vieux colombages, et la nostalgie monte à l'idée qu'elle n'y reviendra pas. Mais il n'y a pas d'illusion à se faire : jusqu'ici, toutes les fois où Il s'est séparé d'un personnage, Il ne l'a jamais rappelé.

Le comité d'adieu de Lindegarde, rassemblé au temple de Waldenbaü s'égaie quand elle en pousse la porte et le cœur de la jeune femme bondit face à la tendresse de la dizaine de visages avec lesquelles elle a tout partagé depuis six ans. Bien entendu, Lorain est au premier rang, droit dans ses bottes et les bras grand ouverts, et il s'avance de son pas énergique pour l'accueillir d'une puissante accolade.

« Eh, ne l'étouffe pas ! crie Sadiane, de derrière. Nous aussi, on veut notre tour !

– C'est ma femme, rétorque Lorain en s'écartant pour que Lindegarde reprenne son souffle. J'ai le droit à un traitement de faveur.

– Ex-femme, réplique Sadiane du tac-au-tac. Et même si vous étiez encore mariés, elle ne serait pas ta propriété ! »

Lindegarde hausse un sourcil appréciateur devant l'habit de la grande femme qui s'approche maintenant. Hormis le casque qui l'accompagne généralement, surmonté d'une paire de cornes de taureau, Sadiane a revêtu sa tenue d'apparat : pantalon sombre, bottes de cuir montant à mi-cuisse et veste pourpre qui lui écrase la poitrine pour dissimuler sa féminité, frappée des armoiries d'Ehrbach – la cigogne aux six ailes, tissée au fil noir de part et d'autre d'une rangée de boutons. C'est ce qu'elle appelle en riant « ses atours de grande méchante », pour narguer l'Auteur qui cherche depuis toujours à faire d'elle un personnage ambivalent, animé de motivations si ce n'est justes, tout du moins raisonnables.

« Je leur ai tous dit que tu n'aurais pas filé, mais ils ne me croyaient pas » dit Sadiane en embrassant Lindegarde. Cette dernière s'enivre de sentir les cicatrices qui zèbrent le visage de son ami râper contre ses joues – encore quelque chose dont elle fera le deuil, le lendemain. « A vrai dire, je savais que tu n'aurais pas osé, de peur que je te ramène ici par la peau des fesses. »

Lindegarde lui offre un petit rire pour toute réponse car elle a la gorge nouée. Puis le défilé reprend : Ficherlyne, la débutante qui a gagné du galon à chaque réécriture jusqu'à devenir l'héroïne du Roman, lui offre en souvenir une flûte miniature, veinée d'or, que l'Auteur a écarté de l'Histoire ; puis vient Albrecht, qui se contente de lui sauter au coup et de la serre contre lui à en crever ; puis Darrance, puis Abel… Chacun cherche à se rappeler à elle par une anecdote ou un souvenir et elle en touchée, autant que de sentir, au cours de cette session mémorielle, une brise lui caresser le visage, avant de noter que les branches des arbres immenses, au tronc sectionnés, qui trônent au milieu du temple comme autant de piliers biscornus, se mettent à s'agiter pour qu'un instant plus tard, sept masques de bois virevoltent autour d'elle en semant des lucioles lumineuses. Ainsi, les Âmes, les esprits tutélaires qui confèrent au Récit son caractère extraordinaire, lui offrent-elles un ballet d'au revoir. Sans rancune dirait Lindegarde : depuis le premier jour, Il en a fait ses antagonistes, celles dont Lindegarde se méfie coûte que coûte et il est difficile de combattre un sentiment si profondément gravé en soi.

C'est alors qu'un grand « Bang ! » fait sursauter l'assemblée et interrompt les embrassades, à l'instant où la porte du temple s'ouvre à nouveau pour livrer passage à un homme à la stature imposante, arborant une tenue outrancièrement chargée et portant, sous son bras, un tonneau aussi large que sa bedaine.

« Voilà Därmelin ! » s'exclame Sadiane tandis que l'Ellermestre remonte l'allée d'un bon pas. « Et si mes yeux ne se trompent pas, il nous amène un grand-cru, de la cuvée écarlate ! Hourra !

– Eh, quoi, Dame Lindegarde n'a pas été évincée toute seule ! répond l'intéressé avec un éclat de rire. Et puisque mon banquet orgiaque passe à la trappe, autant qu'on sirote les restes, avant qu'ils ne soient gommé de vos mémoires ! Vite, un marteau et des godets ! »

L'agitation qui s'ensuit détourne judicieusement l'attention de Lindegarde, qui espère que le choc ne s'est pas lu sur son visage. De fait, toute à sa morosité, elle a oublié que le débonnaire Ellermestre quittait aussi Quérangues et s'il ne peut se targuer de l'ancienneté de Lindegarde, il y habite depuis trop longtemps pour mériter cette négligence. Lui aussi on le regrettera, en atteste l'assemblée qui papillonne maintenant autour de lui en riant. Mais au milieu des reproches qu'elle s'adresse, Lindegarde est frappée d'une autre pensée, terrifiante et, comme s'il l'avait sentie, Lorain se matérialise à côté d'elle.

« Tu crois qu'il voudra faire la route avec moi ? demande-t-elle alors de pouvoir se retenir. Je ne l'avais pas, mais alors pas du tout…

– Il ne te l'imposera pas. J'ai parlé avec lui tranquillement, hier soir. Pour le sonder. Selon ses propres mots, te tenir le crachoir ne le met pas très à l'aise. Tu peux l'abandonner l'esprit léger.

– Tu es fantastique. »

Lindegarde s'accroche au bras de son mari et s'est déjà hissé sur la pointe des pieds pour l'embrasser, furtivement, quand elle se remémore le terme de leurs noces. Alors elle reste figée en l'air, indécise, à quelques centimètres à peine du visage de Lorain, qui baisse la tête pour terminer le baiser.

« Je peux t'accompagner, tu sais, dit-il. Au début du chemin. Pas question d'aller très loin, l'affaire de faire quelques vestres. »

Lindegarde sourit tristement.

« Tu ne peux pas, mon amour. S'Il réfléchit à l'Intrigue – et tu sais qu'Il n'arrive jamais vraiment à l'oublier – tu devras reprendre ton rôle. Et si tu manques à l'appel…

– Eh bien qu'Il se débarrasse de moi ! » Les pupilles de Lorain s'embrasent de colère. « De toute façon, ça arrivera un jour ou l'autre !

– Qu'est-ce que tu racontes ? Tu es le plus ancien ici, le porteur des vestiges de Ses idées originales ! En soi, Il te modèle et remodèle depuis le début, Il n'en finira jamais avec toi !

– Sauf s'Il fait table rase de toute cette histoire, une bonne fois pour toute. Ne lève pas les yeux au ciel, Liline, ça fait vingt ans qu'il reconstruit tout sans arrêt. C'est terriblement long, et le dernier chantier est tellement ambitieux qu'il ne peut que s'effondrer… encore. Jusqu'à quand s'en relèvera-t-Il avant de passer à autre chose ?

– Et donc tu voudrais partir avant le naufrage ?

– Pourquoi pas ? Comme ça, je serai avec quelqu'un qui a compté pour moi quand je m'effacerai. »

S'effacer. Le mot fait frissonner Lindegarde des pieds à la tête. Congédiés, écartés sont acceptables pour évoquer les victimes d'une Purge mais effacés, lui, est tabou. En usant des premiers termes, on fantasme un peu les regrets de l'Auteur, on imagine avoir été mené vers la sortie à contrecœur, qu'on attend un rappel. Le second par contre, froid et définitif, parle de leur hantise à tous : qu'après avoir disparu du centre de l'action, ils ne finissent entièrement oubliés, de Lui comme de leurs anciens compères. Car ces derniers sont au diapason de Sa mémoire et, s'ils se souviennent qu'il a eu des dizaines de remaniements, depuis l'origine, nombre d'entre eux n'évoquent plus aucun visage, aucune scène perdue. Dès lors, difficile d'imaginer que les personnages oubliés dorment sur le bord d'une route. Un jour, ils ont dû s'évaporer.

« Attention les tourtereaux, vos roucoulades n'ont pas intérêt à finir au plumard, c'est contraire au nouveau Dogme, grince la voix de Sadiane, qui s'immisce entre les anciens époux. Lorain, tu es un célibataire endurci maintenant, essaie de te rappeler ton rôle veux-tu ? » Elle agite son index ganté de noir sous le nez immense du Waltenschetz avant de se tourner vers Lindegarde. « Alors, tu vas nous dire où tu t'étais cachée pendant qu'on te cherchait tout à l'heure ? »

Lindegarde échange un regard avec Lorain, puis son cœur se brise quand il se recule. Leur ultime aparté se clôt donc sur un refus muet. Mais, bons acteurs, ils se lancent avec enthousiasme dans un échange avec Sadiane à propos du balcon, de l'empoisonnement d'Abel, de la première mouture du Récit sans que nul ne devine leur tristesse. Puis les gobelets exigés par Därmelin arrivent enfin, le tonneau de Cuvée écarlate éclate sous les coups de marteau et l'ivresse se répand dans l'assemblée, si bien qu'Abel entame des chants gaillards auxquels répondent bientôt des pas de danse. Et il faut attendre une bonne heure que la gaîté retombe pour que quiconque, sinon Lorain, remarque que Lindegarde s'est éclipsée. A ce moment-là, celle-ci a déjà atteint l'autre bout de Quérangues avec un simple baluchon sur l'épaule et elle s'apprête à descendre vers la plaine. Son exil a débuté.

***

*

En bas des interminables lacets menant à la plaine d'Assling, Lindegarde ose enfin se retourner, et les montagnes jumelles de Quérangues l'écrasent aussitôt de toute leur majesté. Elle refuse pourtant de baisser les yeux, moins par défi que par curiosité : confinée dans la cité, la plupart du temps, elle ne les a pas souvent contemplées sous cet angle et détaille maintenant leurs flancs escarpés, si lisses qu'on croirait voir deux colonnes de pierre tombées du ciel. Entretemps, elle a aussi chassé deux mots inconnus de son esprit – Grèce, Météores – sans chercher à les analyser et pour cause : avec les années, elle est familière des « incursions », ces instants où une idée étrangère lui traverse l'esprit comme une biche – surgie du couvert d'un bois un moment, disparue dans une futaie celui d'après – et elle ne s'y attarde plus.

Après quelques instants, Lindegarde se surprend à scruter les aspérités des versants, les interstices dans la roche, et elle comprend soudain ce qu'elle cherche : elle guette une meurtrière appartenant à la cité secrète creusée à l'intérieur de la montagne. C'est une nouveauté du dernier Remaniement, où il avait été question, un temps, qu'elle s'égare elle aussi, un dédale mystérieux, datant des guerres de Tandalric contre les Fées, que l'Auteur comptait peupler de fresques et de masques rabougris, pendus au mur. Mais en cette heure de départ, Lindegarde n'en aperçoit aucun signe parmi les pierres, la mousse, et elle abandonne sa recherche en ronchonnant : à quoi bon se faire du mal ? se morigène-t-elle avant de se diriger, le cœur gros, vers le campement d'Assling.

Lindegarde n'aime pas beaucoup ce camp de réfugiés, semé au pied de Quérangues et que chaque Réécriture a vu s'étendre comme de la mauvaise herbe, car elle s'y sent oppressée. On ne chemine jamais à plus de deux de front dans ce maillage de tentes rudimentaires, mais puisqu'elle n'a pas le choix, elle s'y oblige maintenant, son baluchon sur l'épaule. Pour atténuer son malaise, elle a néanmoins choisi de ne pas se diriger vers le Septième Sépulcre, seul bâtiment de pierre dans cet océan de toile, ni le jardin des Âmes où elle jouait sa meilleure scène, dans l'ancienne Trame. A la place, elle prend la voie de l'Ouest, pour s'offrir la surprise de découvrir de nouveaux lieux.

Si les gens qu'elle croise la regardent passer sans rien dire, ni même froncer les sourcils, elle ne s'intéresse pas plus à eux en retour et le mépris n'a rien à voir dans cette indifférence réciproque. Un fossé impossible à combler les sépare simplement : aucun des badauds n'a de signe particulier ou d'air de profonde intelligence, l'Auteur les a pensés en tant que groupe plutôt qu'individuellement et ils font honneur à cet esprit de corps, se croisant avec naturel, bavardant devant une marmite ici et là, ou encore portant à plusieurs d'impressionnantes caisses en bois dont personne n'attend l'arrivée. Mais que Lindegarde leur adresse la parole et la conversation tournerait vite court. En dépit de la richesse de cet univers, note Lindegarde, il n'y avait guère ici qu'une dizaine de personnes avec qui s'y entretenir à cœur ouvert ; les quelques-unes qui lui ont concocté sa fête de départ, Raïndirn, le caméléon maléfique, et peut-être Tandalric et Jeansaint, dont le segment capital de l'histoire attend toujours d'être correctement traité, ce qui leur donnerait plus de corps. Un bien petit monde, en somme…

Elle n'a pas le temps de beaucoup pousser plus loin sa réflexion morose, car le miracle se produit soudain. L'instant d'avant, la jeune femme cheminait sous des cieux radieux mais, en une seconde, la voici plongée dans la pénombre avec les mêmes impressions – les couleurs alentours sont transformées, la chaleur décroît brutalement – de qui marche en plein désert et passe sous un palmier qui lui ravirait le soleil. Sauf que pour Lindegarde, il ne s'agit pas d'une image : en levant le nez, elle voit qu'il n'y a plus d'astre au-dessus d'elle, pas plus que de nuages ou même de nuances d'azur. A la place, elle découvre les contours d'une caverne proprement colossale, si grande que les deux montagnes de Quérangues y nichent sans en approcher le plafond. Quant à la lumière, indirecte, elle surgit par faisceaux de grottes minuscules, qui semées un peu partout sur les flancs de la grotte .

« Nous y sommes, Alaric, murmure Lindegarde en touchant son ventre avec émotion. Bienvenue dans les Coulisses. »

Comment les personnages connaissent-ils les Coulisses, alors que ceux qui y ont été envoyés n'en ont jamais été rappelés ? Lindegarde l'ignore mais personne, à Quérangues, ne remet en question l'existence de cette frontière où cesse l'attention de l'Auteur et, avec elle, certaines illusions. Lindegarde n'aurait pas deviné que la lumière en fasse partie mais, avec elle, elle constate que d'autres masques sont tombés. Ainsi, deux pas plus tôt, Lindegarde se frayait-elle un chemin parmi des tentes, sans voir le bout du campement mais, désormais, il n'y en a plus traces. Tous les abris de fortune qu'elle a dépassés n'ont certes pas disparu – elle en voit toujours les ombres uniformes, derrière elle – mais aussi loin qu'elle regarde vers l'ouest s'étend désormais une plaine monotone, jusqu'aux bords de la caverne où s'ouvrent des ouvertures sombres.

« Eh bien… Si j'allais leur dire que le monde est une caverne, là-haut, ils en tomberaient à la renverse ! » souffle-t-elle. Puis elle pouffe : « Ça boucherait surtout un coin à Ficherlyne, hein Alaric ? Elle qui répète qu'il y a une mer tout autour de Quérangues et qu'on devient dryade dès qu'on y met l'orteil… Je suis sûr qu'elle fantasme d'y être envoyée… Elle sera déçue, s'Il la congédie jamais. » Lindegarde fronce les sourcils. « Qu'est-ce que ça veut dire ce coup de pied, Alaric, que tu es d'accord avec moi ? Mais oui ! »

Ce que disant, la jeune femme part d'un grand fou rire nerveux. En réalité, l'enfant ne s'est pas agité dans son ventre – il n'a pas quatre mois encore, il est trop tôt – mais maintenant qu'elle a quitté le cœur de l'Action, elle se sent libre de réinventer un peu son personnage. C'est aussi pour ça, d'ailleurs, qu'elle apostrophe son fils : l'Auteur a un temps envisagé qu'elle lui parle, comme s'il était sa conscience, mais agacé par la piètre qualité de ces monologues, Il est revenu en arrière. Maintenant qu'elle ne se sent plus soumise à Ses avis, Lindegarde doit reconnaître qu'elle l'avait regretté et son hilarité actuelle est un cri de délivrance.

« Ah la la, soupire-t-elle en s'essuyant les yeux. Pleurer de rire quand j'escomptais des larmes d'amertume, devant les Coulisses… Ça ne va pas du tout, ressaisissons-nous, Alaric ! »

L'héroïne déchue se pare d'une mine sérieuse peu convaincante mais qui gagne en authenticité à mesure qu'elle observe le chemin devant elle. Il faut dire qu'en dépit du sentiment d'émancipation qui l'a inondée, son imagination ne trouve pas grand-chose où projeter sa nouvelle liberté. Les champs alentours lui avait paru vide au premier regard et l'impression résiste à un second examen. Elle a beau scruter dans toutes les directions, aucune masure n'émerge de l'étendue verte, pas plus que de colline qui pourrait dissimuler une ferme. Pour concevoir la suite de l'aventure, il faut donc tourner les yeux vers les grottes gravées dans la roche, un peu partout – autant dire, vers l'inconnu complet car, de l'endroit où se tient Lindegarde, ces bouches enténébrées ne révèlent rien de ce qu'elles contiennent, ni même leur profondeur. Rien qu'au niveau du sol, la jeune femme en dénombre pas moins de sept.

« Je parie que ce sont des galeries, dit-elle à Alaric. On va devoir en choisir une au hasard mais je n'ai pas d'oracles pour décider. Pas de reproches si je me trompe, d'accord ? »

Joignant le geste à la parole, elle a déjà tendu l'index pour départager les candidats avec une comptine de son enfance quand elle s'interrompt, sans en croire ses yeux. Mais comme la silhouette surgie de la grotte devant elle ne disparaît pas et, pire, qu'un deuxième homme sort des ombres à sa suite, quelques secondes plus tard, Lindegarde n'hésite pas longtemps : une solution providentielle est toujours bonne à saisir ! pense-t-elle s'acheminant vers les nouveaux arrivants. Ceux-ci ne tardent pas à la remarquer, d'ailleurs, et ils s'arrêtent pour l'attendre, ce qui lui donne le temps de les dévisager dans l'espoir de les reconnaître d'une Version précédente de Noxatra mais leur visage – et encore moins leur tenue étrange – ne lui évoquent rien.

A vrai dire, plus Lindegarde approche et plus leurs vêtements l'interpellent, tant elle doute qu'ils aient jamais appartenus à la mode d'un peuple du Rocher : les deux hommes arborent un même manteau de cuir sombre qui leur arrive au genou, sous lequel ils portent une sorte de chemise étrange – une incursion lui murmure le mot de col-roulé – tandis que leurs jambes sont emprisonnées dans ce qui ressemble à des chausses serrées, sauf qu'elles s'interrompent aux chevilles – un jeans – accompagné de brodequins biscornus. Par-dessus cet accoutrement, les jeunes gens –Lindegarde ne leur donne pas vingt ans, à voir leurs mines juvéniles coiffées d'épis, couleurs paille pour l'un, feu pour l'autre – portent en bandoulière deux lourdes besace de cuir, dont les sangles se croisent sur leur poitrine.

« Bonjour messieurs ! les hèle-t-elle.

– Dame Lindegarde, répond le blond en hochant la tête.

– Nous nous connaissons ?

– Nous vous connaissons… de nom, corrige l'autre jeune homme, le roux, en levant un index obséquieux. Et comme nous savions que vous descendriez bientôt du gros caillou… » Son index au garde-à-vous se pointe vers Quérangues « … nous guettions votre arrivée.

– Un comité d'accueil ?

– Un peu mieux que ça, rétorque le blondinet avec un rire de gorge. Nous venons veiller à ce que vous soyez… réemployée. »

Le jeune homme soulève alors le rabat d'une de ses besaces et farfouille à l'intérieur, avant de ressortir muni d'une fine planche de bois à laquelle est accrochée un bout de parchemin, ainsi que d'un petit objet noir, de la taille et de la forme d'une brindille de bois. Lindegarde en comprend l'utilité quand le jeune homme en frotte brièvement le bout contre sa feuille et que des marques s'y impriment – c'est une sorte de plume. Satisfait, le garçon relève alors le nez vers Lindegarde avec un sourire trop large pour être sincère.

« Que voulez-vous ? demande-t-elle.

– On veut seulement discuter et mon camarade va noter tout ce qu'on se dit. Ça risque de prendre un moment mais ça sera précieux. Surtout pour vous et votre… postérité. »

Cette manie qu'ont les garçons d'appuyer le dernier mot en se donnant des airs agace Lindegarde. La bienveillance – le soulagement même – avec lesquels elle les a approchés s'est maintenant fracassé contre leurs airs arrogants et, en dépit des inquiétudes cachées derrière ces mots de postérité, de réemploi, elle préfère demander :

« C'est quoi vos noms ? Je n'aime pas parler à des inconnus.

Les deux jeunes gens échangent un regard surpris.

« Nous n'en avons pas, répond le roux. L'Auteur n'a pas vraiment conscience que nous existons, nous sommes Ses petits mains… petites mains très utiles. » Lisant sur le visage de Lindegarde que sa réponse ne la satisfait pas, il fronce le nez. « D'autres nous ont surnommés les Scribouillards. Rapport aux papiers que nous remplissons pour vous. » Il hausse les épaules. « Vous pouvez utiliser ce nom-là si vous voulez.

– Pour tous les deux ? Vous ne comprenez pas vraiment ce que c'est qu'un nom, on dirait. Je veux vous différencier. Vous ne vous appelez jamais, entre vous ?

– Pas besoin. Nous ne sommes que deux, alors on se dit « tu »… Mais si c'est très important pour vous, trouvez-nous un sobriquet. Tant que ça nous permet de commencer à travailler…

– Très bien ! » Elle lève sèchement le menton le blond. « Je t'appellerai Tu… » Son index se tourne vers l'autre « Et ton copain Toi. Ce n'est pas très heureux, mais ça ne perturbera pas trop vos habitudes.

– Parfait, réplique le jeune homme roux rebaptisé « Toi ». Maintenant que ce point capital est tranché, on s'y met ?

– Comme ça, debout, dans l'herbe, alors que vous m'avez que ça durerait longtemps et que je suis enceinte ? Vous n'allez pas m'amener quelque part pour s'installer un peu plus confortablement ? »

Mais la mention de la grossesse de Lindegarde manque son effet : la jeune femme avait espéré déclencher un peu de culpabilité chez ces goujats, mais elle découvre plutôt de la convoitise, dans leurs yeux. Et tandis que Tu se penche sur son écritoire pour y griffonner à toute allure, Toi baisse des yeux brillants vers le ventre arrondi où se cache Alaric, au point d'en faire frissonner Lindegarde des pieds à la tête.

« Un enfant, hein ? dit-il en emprisonnant son bras dans une poigne de fer. Voilà quelque chose de très, très, très original… Venez avec moi, on va vous faire asseoir… Il y a des pierres très confortables à l'entrée de ce tunnel… Vous allez nous raconter ça. Depuis le début. »

***

*

Il faut que les cris de Toi grimpent dans les aigües pour que Lindegarde reprenne ses esprits et cesse sa bastonnade. Laissant retomber le manche de son baluchon, elle cligne des yeux pour quitter sa transe, découvre le gamin roux, recroquevillé devant elle, les bras levés pour amortir ses attaques et les souvenirs l'inondent : il a fait planer une menace voilée sur Alaric, la rage est monté en elle comme une vague quand il a voulu la forcer à le suivre puis sont venus les coups, désordonnés, vengeurs.

« Arrêtez ! geint Toi en profitant du répit. C'est bon, je ne vous toucherai plus, promis ! »

L'autre gamin, Tu, le blond, s'est reculé pour se mettre hors de portée du bâton et quand Lindegarde pose les yeux sur lui, elle lui trouve un sourire un peu trop espiègle à son goût. Mais du moins constate-t-elle qu'il n'a pas sorti une arme de son sac pour défendre son comparse.

« Je m'en fiche que vous me touchiez, crache-t-elle finalement. Ce que je veux, c'est que vous laissiez mon fils tranquille. Pourquoi il vous intéresse comme ça ? Et arrêtez vos mystères, je veux tout comprendre, cette histoire de réutilisation, de postérité. » Elle lève son bâton comme pour se préparer à frapper à nouveau. « Sinon je recommence.

– Nous n'allons rien faire à votre enfant, répond Tu. Ce n'était pas un mensonge, tout à l'heure : tout ce qu'on veut, c'est parler un peu de votre rôle dans Noxatra... après, vous pourrez vous perdre dans les galeries et y accoucher si ça vous chante, on ne vous poursuivra pas. »

Une moue méprisante passe sur son visage mais Lindegarde ne s'en offense pas. Elle y voit une marque qu'il est prêt à jouer franc-jeu.

« Juste parler... répète-t-elle. Ne faites pas l'innocent, les mots ont une importance chez Lui.

Vous ferez quoi de mon histoire ? Et quelles conséquences ça aura pour mon fils et moi ?

– Nous, nous ne ferons absolument rien… mais, si nous sommes suffisamment malins, Lui pourrait repenser à vous, un jour.

– Tout à fait » intervient Toi. Il s'est relevé et épousseté et, s'étant mis à distance de Lindegarde lui aussi, a retrouvé un peu de son ancien applomb. « Notre mission consiste à rassembler les idées abandonnées, à en trouver le sel, à comprendre les raisons pour lesquelles Il a voulu un jour leur donner vie, même s'Il a finalement changé d'avis….

– … puis nous gardons cette liste bien au chaud, pour le jour où Il est à la peine. Vous êtes bien placée pour le savoir, c'est fréquent qu'Il remanie une scène parce qu'Il trouve qu'elle sonne faux ou qu'Il ait besoin d'un nouveau personnage, d'un rebondissement…

– Dans ce cas, nous lui soufflons ses anciennes idées pour Lui éviter de tout réinventer. Pour Lui, c'est plus qu'utile, c'est vital. Je n'ai pas fait de calcul, mais à vue de nez, il recycle Ses idées quatre ou cinq fois avant de leur trouver une forme définitive. »

Instinctivement, Lindegarde pose une main inquiète sur l'ovale de son ventre. Ces chiffres – quatre ou cinq recyclages ? – lui donnent le vertige et l'interrogent. Elle-même, où en est-elle du processus ? Qu'est-ce qu'elle a emprunté de son caractère, son histoire, ses mimiques ? Et Alaric ? A-t-elle usurpé l'enfant d'un autre ? se demande-t-elle, horrifiée.

Autant de questions qu'on doit lire sur son visage car Toi intervient :

« Bien sûr, il y a des exceptions comme vous. A travers les années, il vous a gardé quasiment telle quel, tout comme votre fils. Ni remodelés, ni amendés. D'ailleurs, ce petit dans votre ventre, c'est le premier enfant à naître dans Son univers biscornu. C'est pour ça qu'on a besoin de vous parler... avec vous on part de zéro.

– C'aurait été autre chose avec Lorain et Sadiane, croit bon de commenter Tu en riant. Eux, ce sont nos champions, sans cesse renvoyés puis ramenés dans l'arène complètement réassemblés. Tu te souviens, quand Sadiane était cet homme au nom imprononçable...

– Gkarkzald.

– Quarksalde, c'est ça. Jamais su le dire correctement. Une grosse brute en armure noire qu'Il a retravaillée de fond en comble. Et c'est heureux, parce que l'original sentait le plagiat à plein nez ...

– Et il n'y a plus de Gkarkzald aujourd'hui ? coupe Lindegarde. Quand Sadiane est née, que lui est-il arrivé ? Il s'est effacé ? »

Au silence qui s'ensuit et aux regards embêtés qu'elle déclenche chez les Scribouillards, Lindegarde sent qu'elle peut enfoncer le clou :

« Je recentre la question. Disons que nous parlions, vous et vous, puis que nous nous séparions bons amis. Or, dans quelques mois, Il veut réutiliser une partie de mon fils ou moi. Que nous arrive-t-il, en pratique ? Nous revenons sur scène avec de faux souvenirs ?

– Gkarkzald habite une caverne, là en bas. » Toi passe une main nerveuse dans ses épis blonds avant de compléter : « Au fur et à mesure que ses héritiers Gayreta, puis Sadiane, ont repris son flambeau, il s'est retiré dans des grottes de plus en plus profondes. Mais il n'a pas disparu, parce que dans Son esprit Gkarkzald possède encore des saillances qu'Il n'a pas oubliées.

– Et ces différences, c'est tout ce dont Gkarkzald se souvient maintenant. Pour le reste, il est une caricature. »

Lindegarde hoche lentement la tête en écoutant ses craintes confirmées par les deux Scribouillards. Enfin, des bribes de vérité, de réponses aux angoisses qui animent chaque personnage avec lesquels elle a vécu. Toi ajoute alors, d'une voix douce :

« Ne vous y trompez pas, Lindegarde, Gkarzald a fait le bon choix. Il a eu l'humilité de nier ce que vous pensez à cet instant précis. Vous vous dites que vous nous n'êtes pas qu'une idée, que votre fils non plus, vous refusez qu'on me désosse comme un vieux poisson… Mais la vérité, c'est que si nous ne chuchotons pas bientôt votre histoire à Son oreille, Il cessera de penser à vous de toute façon. Alors, vous vous cristalliserez de plus en plus, vous resterez peut-être une femme enceinte, mais l'origine du bébé, la complexité des émotions que provoque cette grossesse, tout ce qui rend votre histoire subtile et unique aujourd'hui… » Il fait un geste dans le vide, comme pour attraper de l'air dans son poing « ça se réduira à rien. C'est inévitable. Dans tous les cas.

– Mais il y a manière et manière d'être oubliée. Racontez-nous votre histoire, laissez-le vous réutiliser et vous aurez la satisfaction d'être réincarnée quelque part. Votre fils aura la vie que vous lui souhaitiez, simplement dans le corps d'une autre. Et si vous êtes extrêmement chanceuse, votre personnage complet réapparaîtra ailleurs, ce n'est pas exclus. C'est le meilleur choix. »

Un choix – Lindegarde se surprend à lutter contre un sourire. La question qui l'anime devrait pourtant la démoraliser : comment parler de choix, pense-t-elle en effet, quand les deux embranchements devant elle conduisent au même endroit ? Mais, à vrai dire, le tableau peint par les Scribouillards est tellement sombre qu'elle refuse d'y croire, purement et simplement. Non qu'elle soupçonne les deux garçons de lui dissimuler des choses, désormais, elle ressent simplement qu'il y a des choses qu'ils ignorent eux aussi et ce, avec une assurance qui pourrait presque l'inquiéter. Or, ces choses elle est appelée à les découvrir.

« Qu'y a-t-il dans vos besaces ? demande-t-elle brusquement. Vous transportez seulement les histoires des autres exclus, ou vous avez aussi une carte des galeries ?

– Une carte ? répète Toi, pris au dépourvu par la bifurcation de la conversation.

– Ou un plan, pour m'orienter, si je voulais rendre visite à ce Gkarkzald par exemple ? J'imagine
260

que c'est un labyrinthe, là en-dessous, depuis le temps qu'Il imagine des choses puis qu'Il les remanie.

– Mais… pourquoi voudriez-vous faire ça ?

– Un peu de suite dans les idées, mon cher Tu ! Rencontrer quelqu'un qui a été à ma place m'aiderait à me décider. On est bien d'accord que votre proposition, ce n'est pas à prendre ou à laisser, j'ai le droit à un délai de réflexion avant de vous confier ma vie ? Eh bien, j'en profiterais bien pour voyager et un plan m'y aiderait grandement. »

Et, toujours sous l'impulsion de son incompréhensible enthousiasme, Lindegarde s'approche du Scribouillard, main tendue pour l'engager à lui obéir, tout en réfrénant le rire que lui inspire son air hébété, aux sourcils arqués comme le bords d'une flèche. La jeune femme ne doute pas de créer un précédent et elle se félicite de son culot quand elle le voit soulever lentement le rabat de sa besace.

« Le… le plan n'est pas complet. Comme il change souvent, avec des nouveaux tunnels et des grottes supplémentaires… On a seulement délimité des grandes zones pour se repérer… Il faut les explorer pour trouver toutes les ramifications…

– Ce sera parfait » tranche Lindegarde en arrachant l'objet des mains de Tu, avant de le déplier avec énergie. Mais ses yeux s'arrondissent face au croquis qu'elle découvre, surchargé de gribouillis et de lignes tremblotantes traçant les frontières de dizaines de petits ilots annotés, certains grands comme la paume de sa main, d'autres à peine plus grands que son ongle. « Tous ces noms, murmure-t-elle alors, ce sont… ce sont tous Ses projets ?

– Exactement » confirme Tu, qui s'est approché et regarde par-dessus l'épaule de Lindegarde. Quand la jeune femme tourne la tête pour lui jeter un coup d'œil, elle a la satisfaction de le trouver aussi décomposé que Toi aux cheveux roux tandis que, d'un l'index hésitant, il tapote l'une des plus gros cercles du dessin. « Ici, c'est la grotte de Noxatra où nous nous trouvons. Et si vous empruntez la galerie d'où nous sommes sortis… Tu et moi… votre direction générale sera celle-ci. »

Il déplace le doigt du mot « Noxatra », en dessous duquel est esquissé un masque miniature, pour rejoindre une zone plus petite sur la gauche, barrée du titre « Neuf de coupes ». Lindegarde n'arrive pas à deviner ce que représente le pictogramme qui l'accompagne mais il lui semble que c'est un animal.

« Si vous cherchez Gkarzald, ajoute Toi, il faudra descendre, toujours plus vers la gauche de la carte. Cherchez la zone du Dernier des magiciens mais attendez-vous à ce qu'elle se soit déplacée, d'ici que vous la trouviez. La région est si peu souvent visitée qu'elle se réorganise toute seule, sans grande logique… » Il se racle la gorge. « Mais vous êtes sûre que vous ne voulez pas plutôt…

– Certaine, l'empêche de terminer Lindegarde en repliant la carte avant de la fourrer dans son baluchon. Alaric et moi, nous avons besoin de repenser à tout ça avant de vous dire quoi que ce soit… mais suis-je bête, je n'ai pas fait les présentations. » Elle saisit d'un geste vif leurs deux mains qu'elle pose sur son ventre, malgré le sursaut inquiet qu'ils lui adressent. « Alaric est le nom de mon fils. Ça vous donnera un petit quelque chose à vous mettre sous la dent, d'ici que nous nous revoyions ! »

Puis elle ramasse le baluchon lâché une seconde plus tôt et le replace sur son épaule, avant de planter là les deux jeunes hommes pour se diriger vers le tunnel où eux-mêmes sont apparus un peu plus tôt. La dernière vision qu'ils ont d'elle est un sourire satisfait au moment de s'enfoncer dans les ténèbres et ce n'est que lorsqu'elle a disparu dans le tunnel, qu'ils échangée un sourire triste.

« Ç'aurait pu être une belle épopée, dit Toi d'une voix rêveuse.

– Une très belle épopée.

– Avec un peu de chance, elle serait passé chez Stanley, dans son cirque à ciel ouvert. Ça leur aurait fait de la visite, à la Famille et au Frankenstein en papier. Maintenant que tout le monde a lu leur histoire, ils se sentent un peu abandonnés.

– Mieux : tu imagines si elle avait débarqué sur le chantier des Permutations ? Des décors pas encore montés, les sautes de personnalités des personnages d'un jour à l'autre… ça aurait détonné d'avec Noxatra, où Il a tellement ressassé les choses qu'Il ne les change qu'à grands coups de pinceaux, jamais par petite touche…

– Enfin… soupire Toi, à quoi bon fantasmer le voyage de Lindegarde quand nous savons qu'il n'aura pas lieu ? Maintenant qu'Il lui a creusé une grotte où revivre chaque jour ses adieux à Noxatra, elle aura beau s'élancer vers l'inconnu avec une détermination intacte, son aventure s'arrêtera au seuil du tunnel devant nous. Immanquablement. »

Il agite la main en direction de la galerie où Lindegarde a disparu, quelques instants plus tôt, et les deux Scribouillards secouent la tête, l'air accablé. Puis, sans un mot de plus, ils rajustent leurs besaces sur leur épaule et, d'un pas lent, prennent la direction de la montagne de Quérangues que la jeune femme et son bébé à naître ont dû quitter, le matin même. On peut espérer qu'ils retrouveront le sourire, en chemin, à l'idée d'avoir été consciencieux, d'avoir tenu le premier « vrai » rôle qu'Il leur eût confié sans rien trahir de Ses desseins.

Mais sans doute la tristesse s'attardera-t-elle malgré tout, derrière cette façade enjouée : celle d'avoir stoppé une Odyssée dans le monde le plus mouvant, le plus imprévisible qui soit. L'imagination.

Massy, 2020

Remerciements

Ces nouvelles ont surgi à l'improviste ces dix dernières années, et certaines ont des liens particuliers avec des rencontres ou des amis que je voudrais remercier ici.

Il y a celles et ceux qui m'ont aidé à les écrire : Thomas et Marie en premier lieu, qui m'ont prêté plume et idées pour deux d'entre elles (*la Cloche et le Koala* et *Un homme heureux*, respectivement). Vive l'écriture à quatre mains !

Il y a celles et ceux qui m'ont poussé à les écrire : François et Thomas (le même !), qui se sont inscrits avec moi à des concours de nouvelles et m'ont ainsi mis le pied à l'étrier, mais aussi Noémie sans qui *Les songes oubliés* (la nouvelle, pas le recueil entier) n'aurait jamais vu le jour. Merci à tous les trois pour cette fructueuse émulation.

Il y a aussi la foule de celles et ceux qui m'ont encouragé ces dernières années, parmi lesquels je distinguerai quelques visages – les autres me pardonneront ce favoritisme :

D'abord, Gabrielle, à qui ce recueil est dédié. C'est elle qui m'a le plus souvent demandé où se trouvait *Le Coffre à jouets* et motivé à y mettre le dernier coup de peinture.

Ensuite, Camille et Florent, mes soutiens de la première heure (et fabuleux relecteurs de roman par ailleurs), avec qui j'ai eu l'occasion de parler de plusieurs idées développées ici pour les affiner.

Merci aussi à Vincent, mon voisin de bureau que je poursuis, d'entreprise en entreprise. Il me donne souvent du cœur à l'ouvrage, là-aussi sans peut-être savoir quel baume sont ses encouragements.

Un merci particulier à Ombline, mon épouse, dont le soutien et l'optimisme m'ont appris, au fil des années, à ne pas trop douter. Tous les auteurs savent le rôle complexe du conjoint et l'incapacité à y rendre un juste hommage.

Pour finir, j'ai une pensée reconnaissante pour Alexandre L., dont les retours sur Stanley m'ont tant ému qu'il a redonné (sans le savoir) un coup d'accélérateur à la production de ces nouvelles. J'espère que ce recueil le distraira en cette période troublée.